U.G.E. 10|18
12, avenue d'Italie - PARIS XIIIe

Du même auteur
dans la collection 10/18

LES BEAUX MARIAGES, n° 1584
L'ÉCUEIL, n° 2077
ÉTÉ, n° 1683
ETHAN FROME, n° 2431
LEURS ENFANTS, n° 1585
MADAME DE TREYMES ET AUTRES NOUVELLES, n° 2180
LES METTEURS EN SCÈNE, n° 1586

LE TRIOMPHE DE LA NUIT

PAR

EDITH WHARTON

Traduit de l'américain
par Florence LÉVY-PAOLONI

10|18

« Domaine étranger »
dirigé par Jean-Claude Zylberstein

TERRAIN VAGUE

Si vous désirez être régulièrement tenu au courant
de nos publications, écrivez-nous :
Éditions 10/18
12, avenue d'Italie
75627 Paris Cedex 13

Titre original :
The Ghost Stories of Edith Wharton

ISBN 2-264-01867-4

Préface

Croyez-vous aux fantômes ? » C'est la question absurde que posent souvent les gens incapables de ressentir les influences du surnaturel à celui – je ne dirais pas qui *a vu* un fantôme, car il reste un oiseau rare, mais – qui *a perçu* sa présence, qui est sensible au souffle immatériel des esprits en certains lieux et à certaines heures.

« Non, je ne crois pas aux fantômes, mais ils me font peur. » Cette phrase célèbre dont j'ai oublié l'auteur renferme un sens beaucoup plus profond que ne le laisse imaginer le paradoxe facile qu'elle constitue pour la plupart. « Croire », dans ce sens, est un acte conscient de l'intellect, alors que c'est dans la tiède obscurité du fluide prénatal, bien en deçà de notre conscience, que réside la faculté avec laquelle nous appréhendons ces fantômes qu'il ne nous est pas toujours donné de voir. La démonstration en a été faite de manière étrange, il y a peu de temps, par le nombre d'histoires de fantômes retrouvées par son fils dans les papiers du défunt Lord Halifax. Aux yeux du collectionneur, la valeur d'une histoire ne dépend pas le moins du monde de son intérêt intrinsèque, mais du fait que quelqu'un ait voulu se porter garant de son authenticité. Quel que fût le manque d'intérêt, d'originalité et d'importance de l'histoire, si quelqu'un avait réussi à convaincre Lord Halifax que c'était « vrai », que cela s'était « réellement produit », elle figurait dans sa collection. Est-ce par pur hasard si, dans cet important recueil, la seule histoire un tant soit peu frappante et mémorable est accompagnée d'une note d'excuse expliquant que l'auteur n'a pas réussi à en déterminer l'origine ?

A dire vrai, on n'a pas besoin de connaître leurs sources pour juger les histoires de fantômes. Celles qui sont bonnes témoignent d'elles-mêmes de leur appartenance au monde des esprits. Aucune autre preuve n'est nécessaire. Depuis que je me suis mise à écrire des histoires de fantômes, j'ai découvert, à ma grande déception, que la qualité nécessaire pour les apprécier s'est presque atrophiée chez l'homme moderne. Personne ne s'est jamais attendu à ce qu'un Latin comprenne un fantôme ou qu'il éprouve un frisson à l'idée de son existence. Pour cela, il faut entendre résonner à ses oreilles le souffle rauque du vent du nord ou le bouillonnement des flots sombres contre les côtes les plus lointaines. Lorsque j'ai commencé à lire, puis à écrire, des histoires de fantômes, j'ai remarqué qu'il existait un facteur commun entre mes lecteurs et moi-même : nous nous rencontrions à mi-chemin dans les ténèbres primordiales et ils comblaient les vides de mon récit par des sensations et des divinations semblables aux miennes.

J'obtins la preuve étrange d'un changement lorsque, il y a deux ou trois ans, l'une des histoires figurant dans ce volume fit sa première apparition dans un magazine américain. Je pense que la plupart des écrivains de fiction seront d'accord avec moi pour dire que les lecteurs qui déversent sur l'auteur d'un livre des flots ininterrompus de questions accordent peu d'attention à une histoire isolée parue dans un magazine. On demande rarement à l'auteur de révéler à ses lecteurs assidus le plus de détails possible sur sa vie privée avant que les fruits épars de sa plume n'aient été réunis dans un volume. Pourtant, lorsque *Grain de grenade* (que vous lirez, je l'espère) parut pour la première fois dans un magazine, une foule de gens me bombardèrent de questions. Ils voulaient tout d'abord connaître le sens de ce titre (dans les temps reculés de mon enfance, les mythes classiques faisaient autant partie de notre culture que les contes de Grimm et d'Andersen), et ensuite que je leur explique *comment un fantôme pouvait écrire une lettre et la glisser dans une boîte aux lettres*. Ces problèmes avaient été à l'origine de nuits d'insomnie chez nombre de mes correspondants dont les noms semblaient indiquer qu'ils étaient venus récemment de pays dépourvus de fantômes. Ai-je besoin d'ajouter que pas une seule signature galloise ou écossaise ne figurait au bas de ces lettres ? Peut-être que dans quelques années elles réapparaîtront. En effet, aussi profond que se cache notre perception du monde des esprits, j'ai l'impression qu'elle se laisse entamer peu à peu par les deux ennemis planétaires de l'imagination que sont la TSF et le cinéma. Jadis l'imagination était nourrie d'informations qu'on obtenait en faisant un effort et qu'on assimilait ensuite lentement. A présent, on les sert sur un plateau, toutes cuites et déjà mâchées. Ainsi la génération actuelle voit-elle son aptitude créatrice (car la lecture doit être un acte de création au même titre que l'écriture) s'étioler rapidement, en même temps que sa faculté de soutenir son attention. Le monde qui paraissait si *grand à la clarté des lampes** se rétrécit en proportion inverse des nouveaux moyens qu'on a de l'explorer, de sorte que plus on l'étend, plus il s'amenuise.

Tout cela est très décourageant pour l'auteur d'histoires de fantômes et pour son éditeur. Toutefois, en dépit d'influences adverses et de la concurrence du gangster, de l'introverti et de l'habituel ivrogne, le fantôme peut tenir bon quelque temps encore aux mains de chroniqueurs expérimentés. Ce qui est le plus à craindre, c'est que ceux-ci viennent à manquer. En effet, plus fragile que le fantôme, la baguette magique de celui qui l'évoque est plus susceptible d'être brisée dans l'engrenage impitoyable de l'accélération du monde moderne. Deux conditions qui répugnent à l'esprit moderne doivent être réunies pour que les fantômes se manifestent : le silence et la continuité. Mr Osbert Sitwell nous expliquait l'autre jour que les fantômes se sont évanouis avec l'apparition de l'électricité, mais c'est sans doute se faire une idée erronée du monde des esprits. Ce qui chasse les fantômes n'est ni l'aspidistra ni la cuisinière électrique. Je les imagine hantant avec plus de nostalgie une maison misérable dans une ruelle triste

* En français dans le texte comme tous les mots suivis d'un astérisque

qu'un château fort avec ses ennuyeux accessoires de théâtre. Ce n'est pas de couloirs sonores ou de portes dissimulées derrière des tentures dont a besoin un fantôme, mais de continuité et de silence. Car là où est apparu un jour un fantôme, il semble aspirer à réapparaître, et il préfère manifestement les heures silencieuses, lorsque, enfin, la TSF a cessé son tapage. Le « petit matin », comme ont été qualifiées prophétiquement ces heures, devient en fait de plus en plus petit. Si quelques devins conservent malgré tout leur baguette magique, le fantôme succombera peut-être d'abord à l'impossibilité de trouver sa place dans un univers plein de vacarme et dépourvu de continuité.

Il serait tentant de s'étendre sur ce que nous perdrons lorsque les apparitions et le sens de l'effort ne seront plus, mais mon objectif ici est plutôt de rendre hommage à ceux qui nous les ont rendu perceptibles. En effet, les fantômes ne devraient jamais oublier que leur seule chance de survie réside dans les récits de ceux qui les ont rencontrés, que ce soit en réalité ou en imagination, et peut-être de préférence en imagination. Pour un fantôme, mieux vaut être imaginé de manière vivante que « ressenti » de manière ennuyeuse. Personne ne sait mieux qu'un fantôme combien il est difficile de le décrire en termes vagues et néanmoins suffisamment clairs.

En fait, il n'est pas facile d'écrire une histoire de fantôme. Je souhaiterais placer ces essais, que je présente bien timidement, sous la protection de ceux qui m'ont encouragée à tenter cette expérience. Je pense que le premier fut Stevenson avec deux histoires de fantômes remarquables –

Thrawn Janet et *Markheim* – pourtant très éloignées de la maîtrise de magiciens tels que Sheridan Le Fanu et Fitz James O'Brien. Je doute que ces derniers aient jamais été surpassés, bien que l'unique tentative de Marion Crawford, *The Upper Berth*, s'approche de l'horreur insidieuse de *Qu'était-ce?* de O'Brien.

En ce qui concerne le traitement imaginaire du surnaturel, personne, à mon avis, n'a égalé Henry James dans *Le tour d'écrou*. Mais je suppose qu'on ne peut pas vraiment classer un roman traitant de fantômes parmi les histoires de fantômes, et que ce récit est en outre trop singulier, trop différent des autres tentatives cherchant à saisir le sens du surnaturel, pour figurer dans les catégories habituelles.

Quant à l'époque actuelle, je me suis permis de placer mon modeste « recueil » sous la protection du seul évocateur moderne de fantômes que je place au premier rang – ce qui me dispense d'expliquer pourquoi je l'ai placé là*. En outre, plus on se penche sur ce problème, mieux on perçoit l'impossibilité de définir l'effet du surnaturel. Le gentilhomme bostonien de la vieille école qui déclarait que sa femme considérait comme une question de morale le fait que le mouton devait être rôti ou bouilli, résume parfaitement la relation entre Boston et l'univers. Cependant, il ne faut pas

* *Ghosts* comportait la dédicace suivante : « Pour Walter De La Mare, ces voyageurs debout et fantomatiques. » De La Mare (1873-1956) était un homme de lettres aux talents très variés : poète, romancier, auteur de nouvelles, essayiste, historien et anthologiste. Parmi les excellentes histoires de fantômes qu'il écrivit, la plus connue est sans doute *La tante de Seaton* (parue aux Editions Ombres, dans un recueil intitulé *L'amandier*, 1988).

permettre à la « question de morale » d'intervenir dans l'estimation d'une histoire de fantôme. Son effet doit être évalué uniquement selon un critère qu'on pourrait qualifier de thermométrique : si un frisson glacé descend le long de la colonne vertébrale, elle a rempli sa mission avec bonheur. Il n'existe toutefois pas de règles établies sur la manière de produire ce frisson, et de nombreuses histoires qui en glacent certains n'ont aucun effet sur moi. Le médecin qui affirmait qu'il n'y a pas de maladies mais seulement des malades serait sans doute d'accord pour dire qu'il n'y a pas de fantômes mais seulement des conteurs d'histoires de fantômes, car ce qui fait frémir les uns laisse d'autres parfaitement calmes. Par conséquent, je suis persuadée qu'il faut raconter ses aventures de fantômes dans la langue la plus simple possible et « laisser la nature faire le reste », comme disait un conseiller municipal de New York lorsque, il y a bien des années, on suggéra d'importer « quelques gondoles » pour le lac de Central Park.

La seule suggestion que je puisse faire est que le conteur d'histoires surnaturelles devrait être lui-même effrayé par son récit, car, dans ce cas, il pourrait peut-être communiquer à ses lecteurs le sentiment de cette impression étrange, insoupçonnée dans la philosophie d'Horace.

Edith Wharton

La cloche de la femme de chambre

C'était l'automne après ma typhoïde. J'avais passé trois mois à l'hôpital et, en sortant, j'avais l'air si faible et si chancelante que les deux ou trois dames chez qui je me présentai n'osèrent pas m'engager. Je n'avais presque plus d'argent et, après avoir loué une chambre pendant deux mois, hanté les bureaux de placement et répondu à toutes les annonces qui paraissaient convenables, j'avais presque perdu tout courage, car les tracas ne m'avaient pas fait grossir et je ne voyais pas comment ma chance pourrait tourner un jour. C'est pourtant ce qui arriva – c'est du moins ce que je pensai à l'époque. Je rencontrai un jour une certaine Mrs Railton, une amie de la dame qui m'avait emmenée aux Etats-Unis. Elle s'arrêta pour me parler ; elle était de ces gens qui ont toujours une attitude amicale. Elle me demanda ce qui n'allait pas et pourquoi j'étais si pâle. Quand je lui eus raconté mes malheurs, elle s'exclama : « Eh bien, Hartley, je crois bien que j'ai la place qu'il vous faut. Venez donc chez moi demain, nous en parlerons. »

Le lendemain, quand je lui rendis visite, elle m'expliqua que la dame à laquelle elle pensait était une de ses nièces, une certaine Mrs Brympton. Elle était assez jeune, mais quelque peu malade et vivait toute l'année dans sa maison de campagne sur l'Hudson, parce qu'elle ne pouvait pas supporter les fatigues de la vie citadine.

« Bon, Hartley, » dit Mrs Railton avec cet enjouement qui me donnait toujours l'impression que les choses ne pouvaient que s'arranger, « comprenez-moi bien, l'endroit où je vous envoie n'est pas très gai. La maison est grande et lugubre. Ma nièce est nerveuse, souvent mélancolique, son mari... enfin, il est généralement absent ; et les deux enfants sont morts. L'année dernière, j'aurais encore trouvé préférable d'enfermer une fille active et en bonne santé comme vous l'étiez dans un tombeau, mais vous n'êtes pas très vigoureuse en ce moment, n'est-ce pas ? Une place tranquille, l'air de la campagne, une nourriture saine et vous coucher tôt devraient parfaitement vous convenir. « Ne vous méprenez pas, » ajouta-t-elle, car je suppose que j'avais l'air un peu démoralisée ; « vous vous ennuierez peut-être, mais vous ne serez pas malheureuse. Ma nièce est un ange. Son ancienne femme de chambre, qui est morte au printemps dernier, était à son service depuis vingt ans et vénérait le sol qu'elle foulait. Elle est bonne avec tout le monde et, comme vous le savez, lorsque la maîtresse est bonne, les domestiques sont généralement aimables ; donc, vous vous entendrez probablement assez bien avec les autres gens de la maison. Et vous êtes exactement la femme que je souhaite pour ma nièce : calme, bien élevée et plus instruite que votre condition ne le laisse supposer. Vous savez bien lire à haute voix, je crois ? C'est une bonne chose ; ma nièce aime qu'on lui fasse la lecture. Elle veut une femme de chambre qui soit un peu une dame de compagnie ; l'ancienne l'était et je ne saurais dire à quel point elle lui manque. Elle mène une vie retirée... Alors, avez-vous pris votre décision ?

– Eh bien, madame, dis-je, la solitude ne me fait pas peur.

– Alors, allez-y. Ma nièce vous engagera sur ma recommandation. Je vais lui envoyer un télégramme tout de suite et vous pourrez prendre le train de l'après-midi. Elle n'a personne pour s'occuper d'elle en ce moment, et je ne veux pas que vous perdiez de temps. »

J'étais plutôt d'accord pour me mettre en route, pourtant quelque chose me retenait et, pour gagner du temps, je demandai : « Et le monsieur, madame ? »

« Il est presque toujours absent, je vous l'ai dit », répondit Mrs Railton un peu vite, « et lorsqu'il est là », ajouta-t-elle brusquement, « il suffit de l'éviter ».

Je pris le train de l'après-midi et arrivai à la gare vers quatre heures. Un palefrenier m'attendait avec un dog-cart, et nous partîmes à vive allure. C'était une journée maussade d'octobre, la pluie menaçait au-dessus de nos têtes et quand nous nous engageâmes dans les bois de Brympton Place, il faisait déjà presque nuit. L'allée serpentait dans les bois pendant un mile ou deux et débouchait dans une cour recouverte de gravier, entourée de hauts arbustes sombres. Il n'y avait pas de lumière aux fenêtres et la maison paraissait effectivement un peu lugubre.

Je n'avais pas posé de questions au palefrenier, car je n'ai jamais cherché à me faire une idée de mes nouveaux maîtres à travers les autres domestiques : je préfère attendre et voir par moi-même. Cependant, tout me portait à croire que je me trouvais dans une maison comme il faut, où les choses étaient faites correctement. Une cuisinière au visage aimable m'accueillit à la porte de service et demanda à la bonne de me montrer ma chambre. « Vous verrez madame plus tard, »,dit-elle. « Mrs Brympton reçoit une visite. »

Je n'avais pas imaginé que Mrs Brympton était le genre de dame qui recevait beaucoup de visites et ces mots me réconfortèrent un tant soit peu. Je montai les escaliers derrière la bonne et vis, par une porte de l'étage supérieur, que l'aile principale de la maison paraissait bien meublée, avec des boiseries sombres et bon nombre de vieux portraits. Une autre volée de marches menait à l'aile des domestiques. Il faisait presque nuit et la bonne s'excusa de ne pas avoir pris de lumière. « Mais il y a des allumettes dans votre chambre, » dit-elle, « et si vous avancez prudemment, ça ira. Faites attention à la marche au bout du couloir. Votre chambre est juste après. »

Pendant qu'elle parlait, je regardais devant moi et, au milieu du couloir, je vis une femme debout. Au moment où nous passions, elle recula dans l'embrasure d'une porte et la bonne ne sembla pas la remarquer. C'était une femme mince au visage pâle, vêtue d'une robe noire et d'un tablier. Je la pris pour la gouvernante et trouvai étrange qu'elle n'eût rien dit et se fût contentée de me lancer un long regard en passant. Ma chambre donnait sur un palier carré au bout du couloir et faisait face à une autre pièce dont la porte était ouverte. A cette vue, la bonne s'exclama :

« Allons, bon !... Mrs Blinder a encore laissé cette porte ouverte ! dit-elle en la fermant.

– Mrs Blinder est la gouvernante ?

– Il n'y a pas de gouvernante : Mrs Blinder est la cuisinière.

– Est-ce sa chambre ?

– Grand Dieu, non, dit la bonne, l'air fâché. Cette chambre n'est à personne. Elle est vide, je veux dire, et la porte n'aurait pas dû être ouverte. Mrs Brympton veut qu'elle reste fermée à clé. »

Elle ouvrit ma porte et me fit entrer dans une pièce bien tenue, joliment meublée, avec quelques tableaux aux murs. Après avoir allumé une bougie, elle prit congé en me disant que l'on servait le thé à six heures à l'office et que Mrs Brympton me recevrait ensuite.

Pendant le thé, je trouvai la conversation des domestiques agréable et je compris, d'après ce qu'ils laissèrent entendre, que, comme l'avait dit Mrs Railton, Mrs Brympton était la meilleure des femmes. Je ne fis toutefois pas très attention à leur bavardage, car j'attendais de voir apparaître la femme pâle vêtue de sa robe noire. Mais elle ne se montra pas et je me demandai si elle prenait ses repas à part. Pourtant, si elle n'était pas gouvernante, pourquoi le ferait-elle ? Soudain, l'idée me vint qu'elle était peut-être infirmière et, dans ce cas, ses repas étaient, bien entendu, servis dans sa chambre. Si Mrs Brympton était malade, il était fort possible qu'elle eût une infirmière. Je dois dire que cette idée me contraria car il n'est pas toujours facile de s'entendre avec elles et, si j'avais su, je n'aurais pas accepté cette place. Mais j'étais là et il ne servait à rien de le regretter, et, n'étant pas du style à poser des questions, je décidai d'attendre et de voir ce qui se passerait.

Quand le thé fut terminé, la bonne demanda au valet de pied : « Est-ce que Mr Ranford est parti ? » Il répondit que oui et elle me dit de monter avec elle chez Mrs Brympton.

Mrs Brympton était étendue dans sa chambre. Son divan était placé près du feu et, à côté, se trouvait une lampe voilée. C'était une dame à l'apparence fragile, mais, quand elle sourit, je sus que je lui serais entièrement dévouée. Elle parlait très aimablement, d'une voix basse, et me demanda mon nom, mon âge et ainsi de suite, si j'avais tout ce qu'il me fallait et si je n'avais pas peur de me sentir seule à la campagne.

« Oh ! Pas avec vous, j'en suis sûre, madame », répondis-je, et les mots que je prononçai me surprirent, car je ne suis pas quelqu'un d'impulsif. Mais c'était comme si j'avais pensé tout haut.

Cela sembla lui faire plaisir et elle dit qu'elle espérait que je ne changerais pas d'avis. Puis elle me donna quelques instructions pour sa toilette et me dit qu'Agnès, la bonne, me montrerait le lendemain matin où les choses étaient rangées.

« Je suis fatiguée ce soir et je dînerai en haut, dit-elle. Agnès m'apportera mon plateau, ce qui vous donnera le temps de déballer vos affaires et de vous installer. Plus tard, vous pourrez venir me déshabiller.

Très bien, madame, dis-je. Vous sonnerez, je pense ? »

J'eus l'impression qu'elle devenait toute drôle.

« Non... Agnès viendra vous chercher », dit-elle rapidement, et elle reprit son livre.

Voilà qui était bien étrange : une femme de chambre que la bonne devait aller chercher chaque fois que sa maîtresse avait besoin d'elle ! Je me dis qu'il n'existait peut-être pas de cloches dans la maison, mais le lendemain je pus m'assurer qu'il y en avait une dans chaque pièce, et que l'une d'elles reliait spécialement la chambre de ma maîtresse à la mienne. Dès lors, je trouvai d'autant plus étonnant que, chaque fois qu'elle voulait quelque chose, Mrs Brympton sonnât Agnès qui devait parcourir toute l'aile des domestiques pour m'appeler.

Ce n'était pas le seule chose bizarre dans cette maison. Dès le lendemain, je découvris que Mrs Brympton n'avait pas d'infirmière. Je demandai alors à Agnès qui était la femme que j'avais vue dans le couloir la veille dans l'après-midi. Elle me répondit qu'elle n'avait vu personne et je me rendis compte qu'elle pensait que j'avais rêvé. Bien sûr, il faisait sombre quand nous avions emprunté le couloir, et elle s'était excusée de n'avoir pas pris de lumière, mais j'avais vu cette femme assez distinctement pour la reconnaître si je la rencontrais. Je conclus que ce devait être une amie de la cuisinière ou d'une des autres domestiques. Elle était peut-être venue de la ville pour une visite nocturne et les domestiques tenaient à garder le secret. Certaines maîtresses sont intransigeantes à ce sujet et ne veulent pas que les amies de leurs domestiques passent la nuit chez elles. Quoi qu'il en soit, je pris la décision de ne plus poser de questions.

Quelques jours plus tard, il se produisit un autre événement singulier. Un après-midi que je bavardais avec Mrs Blinder, femme très amicale, employée dans la maison depuis plus longtemps que les autres domestiques, elle me demanda si je me trouvais bien ici et si j'avais tout ce qu'il me fallait. Je répondis que je n'avais rien à reprocher à ma place ni à ma maîtresse, mais que je trouvais étrange qu'une maison aussi grande ne possédât pas de pièce réservée à la couture pour la femme de chambre.

« Mais il y en a une, dit-elle. Votre chambre est l'ancienne pièce réservée à cet usage.

– Oh, et où dormait l'autre femme de chambre ? » fis-je.

A ces mots, elle se troubla et dit précipitamment que les pièces des domestiques avaient toutes été changées au cours de l'année précédente et qu'elle ne se souvenait pas exactement.

Cela me sembla curieux, mais je poursuivis comme si de rien n'était : « Pourtant, il y a une pièce inoccupée en face de la mienne. J'ai l'intention de demander à Mrs Brympton si je peux l'utiliser comme pièce de couture. »

A mon grand étonnement, Mrs Blinder pâlit et me pressa la main. « N'en faites rien, ma chère, dit-elle, pour ainsi dire en tremblant. A dire vrai, c'était la chambre d'Emma Saxon, et ma maîtresse la garde fermée depuis sa mort.

– Qui était Emma Saxon ?

– L'ancienne femme de chambre de Mrs Brympton.

– Celle qui est restée chez elle si longtemps ? » demandai-je, me rappelant ce que m'avait raconté Mrs Railton.

Mrs Blinder hocha la tête.

« Comment était-elle ?

– Il n'y en avait pas de meilleure, dit Mrs Blinder. Ma maîtresse l'aimait comme une sœur.

– Mais, je veux dire, comment était-elle physiquement ? »

Mrs Blinder se leva et me jeta un regard un peu courroucé. « Je ne suis pas très douée pour les descriptions, dit-elle ; et je crois bien que ma pâte est en train de monter. » Elle se dirigea vers la cuisine et ferma la porte derrière elle.

II

J'étais à Brympton depuis presque une semaine quand je vis le maître pour la première fois. On apprit qu'il arrivait un après-midi et un changement se fit sentir dans toute la maison. Il était évident que personne ne l'aimait à l'office. Ce soir-là, Mrs Blinder apporta un soin particulier au dîner, mais elle s'adressait à la fille de cuisine d'un ton brusque qui lui était tout à fait inhabituel. Le maître d'hôtel, Mr Wace, un homme sérieux qui parlait lentement, vaquait à ses occupations comme s'il se préparait pour un enterrement. Pour sûr, Mr Wace lisait beaucoup la Bible et il disposait d'une belle collection de textes, mais ce jour-là il employa un langage tellement épouvantable que j'étais sur le point de quitter la table, quand il m'affirma que tout ça se trouvait dans Isaïe. Je remarquai par la suite que chaque fois que le maître venait, Mr Wace se mettait à citer les prophètes.

Vers sept heures, Agnès me dit de me rendre dans la chambre de ma maîtresse; c'est là que je rencontrai Mr Brympton. Il était debout devant la cheminée. C'était un homme grand et blond, au cou de taureau, avec un visage rougeaud et des petits yeux bleus et querelleurs: le genre d'homme qu'une jeune nigaude pouvait trouver attirant, pour ensuite payer cher une telle idée.

Il se retourna quand je fis mon entrée et me détailla en un clin d'œil. Je savais ce que ce regard signifiait pour l'avoir subit une ou deux fois dans mes anciennes places. Puis il me tourna le dos et continua à parler à sa femme. Ça aussi, je savais ce que ça voulait dire. Je n'étais pas le genre de morceau qu'il convoitait. Dans un sens, la typhoïde m'avait rendu un grand service: elle tenait cette sorte de personnage à distance.

« Voici ma nouvelle femme de chambre, Hartley », dit Mrs Brympton de sa voix douce. Il hocha la tête et reprit ce qu'il disait.

Quelques instants plus tard, il sortit et laissa ma maîtresse s'habiller pour le dîner. En l'aidant, je remarquai qu'elle était livide et que sa peau était froide au toucher.

Mr Brympton s'en alla le lendemain matin et toute la maisonnée respira un grand coup après son départ. Quant à ma maîtresse, elle mit son chapeau et sa fourrure (car c'était une belle matinée d'hiver) et sortit se promener dans les jardins. Elle revint fraîche et rose et, l'espace d'une minute, avant qu'elle ne perdît ses couleurs, je pus imaginer la belle jeune femme qu'elle avait dû être, il n'y avait pas si longtemps d'ailleurs.

Elle avait rencontré Mr Ranford dans le parc et ils étaient rentrés ensemble, je m'en souviens, souriant et parlant tandis qu'ils longeaient la terrasse sous ma fenêtre. C'était la première fois que je voyais Mr Ranford, mais j'avais souvent entendu son nom à l'office. C'était un voisin, semblait-il, qui vivait à quelques miles de Brympton, au bout du village et, comme il avait l'habitude de passer ses hivers à la campagne, il constituait presque la seule compagnie de ma maîtresse en cette saison. C'était un homme grand et mince, d'une trentaine d'années, et je lui trouvais l'air assez mélancolique jusqu'à ce que j'aie vu son sourire empreint d'une sorte de surprise, comme un premier jour de chaleur au printemps. J'appris qu'il lisait beaucoup, comme ma maîtresse, et qu'ils échangeaient continuellement des livres. Parfois (me dit Mr Wace), il faisait la lecture à Mrs Brympton une heure durant, dans la grande bibliothèque sombre où elle se tenait les après-midi d'hiver. Tous les domestiques l'aimaient et c'est peut-être un compliment plus grand que ne le soupçonnent les maîtres. Il avait un mot amical pour chacun de nous et nous étions tous contents de savoir qu'un monsieur d'agréable société était là pour tenir compagnie à Mrs Brympton en l'absence du maître. Mr Ranford paraissait également en très bons termes avec Mr Brympton et je ne cessais de me demander comment deux messieurs si différents pouvaient être aussi amis. Mais j'appris ensuite que les véritables personnes de qualité savent garder leurs sentiments pour elles.

Quant à Mr Brympton, il allait et venait, ne restant jamais plus d'un jour ou deux, maudissant la tristesse et la solitude, maugréant à tout propos, et (comme je le découvris rapidement) buvant beaucoup plus qu'il n'était raisonnable. Quand Mrs Brympton s'était levée de table, il restait assis la moitié de la nuit devant les vieux porto et madère de Brympton. Un soir que j'avais quitté la chambre de ma maîtresse beaucoup plus tard que d'ordinaire, je le croisai dans l'escalier. Il était dans un tel état que l'idée de ce que doivent subir certaines femmes sans en souffler mot me rendit malade.

Les domestiques parlaient très peu de leur maître, mais d'après leurs allusions, je compris qu'il s'agissait d'un mariage malheureux depuis le début. Mr Brympton était grossier, bruyant et aimait les plaisirs ; ma maîtresse était calme, réservée et peut-être un tantinet froide. Non qu'elle ne lui parlât pas toujours de manière charmante – je la trouvais admirablement patiente –, mais en face d'un monsieur aussi libre que Mr Brympton, je dois dire qu'elle paraissait un peu distante.

Donc, plusieurs semaines passèrent tranquillement. Ma maîtresse était bonne, mon travail facile et je m'entendais bien avec les autres domestiques. En bref, je n'avais aucune raison de me plaindre. Pourtant, je sentais constamment un poids sur la poitrine. Je ne peux pas dire pourquoi, mais je sais qu'il ne s'agissait pas du poids de la solitude. Je m'y étais vite habituée et, comme j'étais encore fatiguée par ma maladie, le calme et le bon air de la campagne étaient les bienvenus. Néanmoins, je n'avais jamais l'esprit tout à fait tranquille. Ma maîtresse, sachant que j'avais été malade, insistait pour que j'aille régulièrement me promener. Elle inventait souvent des courses à mon intention :

un mètre de ruban à aller chercher au village, une lettre à poster, un livre à rendre à Mr Ranford. Dès que j'étais dehors, je me sentais mieux et je me réjouissais à l'idée de traverser les bois dénudés à l'odeur humide. Mais à l'instant même où j'apercevais de nouveau la maison, mon cœur chavirait comme une pierre au fond d'un puits. Elle n'était pas véritablement lugubre, mais je n'y ai jamais pénétré sans qu'un sentiment de tristesse ne s'emparât de moi.

Mrs Brympton sortait rarement l'hiver; les plus beaux jours seulement, à midi, elle se promenait pendant une heure sur la terrasse donnant au sud. A l'exception de Mr Ranford, nous n'avions d'autres visiteurs que le docteur qui venait de la ville en voiture environ une fois par semaine. Il m'envoya chercher une ou deux fois pour me donner quelque instruction insignifiante concernant ma maîtresse et, quoiqu'il ne m'eût jamais dit de quoi elle souffrait, je pensais, à cause du teint cireux qu'elle avait parfois le matin, que c'était peut-être du cœur. Le temps était doux et malsain. En janvier nous eûmes une longue période de pluie. Je dois avouer que ce fut pour moi une dure épreuve car je ne pouvais pas sortir. Rester assise avec ma couture toute la journée à écouter la pluie qui dégouttait du toit me rendait si nerveuse que le moindre bruit me faisait sursauter. Je ne sais pourquoi, mais la pensée de cette pièce fermée à clé de l'autre côte du couloir commençait à me peser. Une ou deux fois, durant les longues nuits pluvieuses, je crus entendre des bruits qui venaient de là, mais bien sûr c'était absurde et la lumière du jour chassait ces idées de mon esprit. Enfin, un matin, Mrs Brympton me procura un véritable frisson de joie en me disant qu'elle souhaitait que je me rende en ville pour faire quelques courses. Je ne m'étais pas rendu compte jusque-là à quel point j'étais déprimée. Je me mis en route pleine d'allégresse et le premier regard que je posai sur les rues animées et les boutiques attrayantes me changea vraiment les idées.

Dans l'après-midi, toutefois, le bruit et la confusion commencèrent à me fatiguer et j'aspirai réellement au calme de Brympton, tout en imaginant combien j'allais apprécier le retour en voiture à travers les bois sombres. Ce fut alors que je tombai sur une vieille connaissance, une bonne avec laquelle j'avais travaillé autrefois. Nous nous étions perdues de vue depuis de nombreuses années et je dus m'arrêter pour lui raconter ce que j'étais devenue entre-temps. Quand je lui dis où je vivais, ses yeux roulèrent dans leurs orbites et elle fit la grimace.

« Quoi ! Chez la Mrs Brympton qui habite toute l'année dans sa maison sur l'Hudson ? Ma chère, vous n'y resterez pas trois mois.

– Oh, mais la campagne ne me dérange pas », dis-je, quelque peu offensée par le ton qu'elle avait employé. « Depuis ma maladie, je suis très contente d'être au calme. »

Elle secoua la tête. « Ce n'est pas à la campagne que je pense. Tout ce que je sais, c'est qu'elle a eu quatre femmes de chambre en six mois et la dernière, qui est une de mes amies, m'a dit que personne ne pouvait rester dans cette maison.

– Est-ce qu'elle a expliqué pourquoi ? demandai-je.

– Non, elle n'a pas voulu m'en donner la raison. Mais elle m'a dit : "Mrs Ansey, si par hasard une jeune fille de votre connaissance a l'intention de s'installer là-bas, dites-lui que ce n'est pas la peine qu'elle défasse ses malles."

– Est-ce qu'elle est jeune et jolie ? demandai-je en pensant à Mr Brympton.

– Oh non ! C'est plutôt le genre que les mères engagent quand leurs fils ont atteint l'âge du collège et prennent du bon temps. »

J'avais beau savoir que cette femme était une commère aux propos oiseux, ses paroles me tournaient dans la tête et le cœur me manquait plus que jamais en rentrant à Brympton au crépuscule. Il y avait bien quelque chose d'anormal dans la maison, maintenant j'en étais sûre.

En entrant dans l'office pour le thé, j'appris que Mr Brympton était arrivé et je vis au premier coup d'œil qu'il y avait eu un problème. La main de Mrs Blinder tremblait au point qu'elle pouvait à peine verser le thé et Mr Wace citait les textes les plus épouvantables et les plus sulfureux. Sur le moment, personne ne me dit quoi que ce soit, mais quand je montai dans ma chambre, Mrs Blinder me suivit.

« Oh, ma chère, dit-elle en me prenant la main, je suis si heureuse et si reconnaissante que vous nous soyez revenue ! »

Ces mots m'étonnèrent, comme vous pouvez l'imaginer. « Allons, dis-je, vous pensiez que j'étais partie pour de bon ?

– Non, bien sûr que non, répondit-elle, un peu embarrassée, mais je ne peux pas supporter que madame soit seule, même une journée. » Elle pressa fort ma main et, : « Oh, Miss Hartley, poursuivit-elle, soyez gentille avec votre maîtresse, vous qui êtes une bonne chrétienne ». Et là dessus, elle partit précipitamment et me laissa toute abasourdie.

Un peu plus tard, Agnès m'appela auprès de Mrs Brympton. En entendant la voix de Mr Brympton dans sa chambre, je fis le tour par le dressing-room, pensant préparer sa robe pour le dîner avant d'entrer. Le dressing-room est une grande pièce avec une fenêtre au-dessus du portique qui donne sur les jardins. Les appartements de Mr Brympton sont de l'autre côté. En entrant, je vis que la porte de la chambre était ouverte et j'entendis Mr Brympton dire d'une voix courroucée : « On pourrait croire qu'il est la seule personne digne de votre conversation

– Je n'ai pas beaucoup de visiteurs l'hiver, répondit Mrs Brympton calmement.

– Vous m'avez, moi ! lui lança-t-il d'un air sarcastique.

– Vous êtes là si rarement, dit-elle.

– Ah oui ! A qui la faute ? Vous faites de cette maison un endroit à peu près aussi vivant que le caveau de famille. »

A ces mots, j'agitai les affaires de toilette pour prévenir ma maîtresse. Elle se leva et me dit d'entrer.

Ils mangèrent seuls tous les deux, comme d'habitude, et, d'après l'attitude de Mr Wace au dîner, je compris que les choses allaient plutôt mal. Il citait les prophètes que c'en était effroyable, et impressionna tant la fille de cuisine qu'elle déclara ne pas vouloir descendre seule pour mettre la viande froide dans la glacière. Moi aussi j'étais mal à l'aise et, après avoir mis ma maîtresse au lit, j'avais presque envie de redescendre et de convaincre Mrs Blinder de veiller un moment en jouant aux cartes. Mais je l'entendis fermer sa porte pour la nuit et je continuai donc jusqu'à ma chambre. La pluie avait repris et j'avais l'impression que les gouttes, l'une après l'autre, tombaient dans ma tête. Allongée toute éveillée, j'écoutais la pluie et ressassais ce que m'avait dit mon amie en ville. Ce qui me rendait perplexe, c'était que celles qui partaient étaient toujours les femmes de chambre...

Au bout d'un moment, je m'endormis, mais soudain un grand bruit me réveilla. Ma cloche avait sonné. Je m'assis, terrifiée par ce son inhabituel qui semblait continuer à résonner dans l'obscurité. Mes mains tremblaient tellement que je n'arrivais pas à trouver les allumettes. Finalement, j'allumai une bougie et sautai du lit. Je commençai à croire que j'avais rêvé, mais mon regard se posa sur la cloche contre le mur et je vis que le petit battant tremblait encore.

Je commençai tout juste à rassembler mes vêtements quand j'entendis un autre bruit. Cette fois, c'était la porte de la chambre close, en face de la mienne, qui s'ouvrait puis se refermait doucement. Je l'entendis distinctement et j'eus tellement peur que je restai clouée sur place. Puis j'entendis dans le couloir des pas pressés qui se dirigeaient vers l'aile principale. Comme le sol était recouvert d'un tapis, le son était très faible mais j'étais certaine que c'étaient des pas de femme. Mon sang se glaça à cette pensée et, durant quelques instants, je n'osai ni bouger ni respirer. Puis je repris mes esprits.

« Alice Hartley, me dis-je, quelqu'un vient de quitter cette pièce et de se précipiter dans le couloir devant toi. Cela n'a rien d'agréable, mais tu ferais bien de regarder les choses en face. Ta maîtresse t'a sonnée et, pour répondre à son appel, tu dois prendre le même chemin que cette autre femme. »

Eh bien, c'est ce que je fis. Je n'ai jamais marché aussi vite de toute ma vie et pourtant j'avais l'impression que jamais je n'arriverais au bout du couloir ni n'atteindrais le chambre de Mrs Brympton. En route je n'entendis rien, ne vis rien : tout était sombre et calme comme la tombe. Quand je parvins à la porte de ma maîtresse, le silence était si profond que je me pris à croire que j'avais rêvé et j'eus presque envie de faire demi-tour. Puis, la panique s'empara de moi et je frappai.

Il n'y eut pas de réponse et je frappai de nouveau, vigoureusement. A mon grand étonnement, la porte fut ouverte par Mr Brympton. Il recula brusquement en me voyant et, à la lumière de ma bougie, son visage semblait rouge et furieux.

« *C'est vous ?* dit-il, d'une voix bizarre. *Combien êtes-vous donc ici, Grand Dieu ?* »

A ces mots, je sentis le sol se dérober sous mes pieds, mais je me dis qu'il avait dû boire et répondis aussi fermement que je le pus : « Puis-je entrer, Monsieur ? Mrs Brympton m'a sonnée.

– Vous pouvez toutes entrer, pour ce que cela me fait », dit-il et, m'ayant écartée en me bousculant, il se dirigea vers sa chambre. Je le suivis des yeux et je fus surprise de voir qu'il marchait aussi droit que s'il n'avait pas bu.

Je trouvai ma maîtresse étendue, très faible et immobile, mais elle se força à sourire en me voyant et me fit signe de lui verser quelques gouttes. Après quoi elle resta sans parler, le souffle court et les yeux fermés. Soudain, elle étendit la main en tâtonnant et dit d'une voix éteinte « *Emma* ».

« C'est Hartley, madame répondis-je. Avez-vous besoin de quelque chose ? »

Elle ouvrit tout grands les yeux et me dévisagea d'un air étonné.

« Je rêvais, dit-elle. Vous pouvez partir, maintenant, Hartley, et merci beaucoup. Je vais de nouveau tout à fait bien, vous voyez. » Et elle détourna son visage.

III

Cette nuit-là, je ne réussis pas à me rendormir et je fus contente quand le jour se leva.

Peu après, Agnès m'appela auprès de Mrs Brympton. J'eus peur qu'elle ne fût de nouveau malade, car elle m'appelait rarement avant neuf heures. Pourtant, je la trouvai assise dans son lit, pâle et les traits tirés, mais dans son état normal.

« Hartley, dit-elle rapidement, voulez-vous enfiler tout de suite votre manteau et descendre au village pour moi ? Je voudrais qu'on me prépare cette ordonnance... – elle hésita un instant et rougit – ... et j'aimerais que vous soyez de retour avant le lever de Mr Brympton.

– Certainement, madame, dis-je.

– Et... attendez un instant... – elle me rappela comme si elle venait d'avoir une idée – ... en attendant la préparation, vous aurez le temps d'aller chez Mr Ranford et de lui porter ce mot. »

Le village était distant de deux miles et, en chemin, j'eus le temps de réfléchir à tout cela. Je trouvais curieux que ma maîtresse voulût que l'ordonnance fût préparée sans que Mr Brympton le sût. En rapprochant cela de la scène de la nuit précédente et de beaucoup d'autres faits que j'avais remarqués ou que je soupçonnais, je commençai à me demander si la pauvre femme n'était pas lasse de la vie, au point d'avoir pris la folle résolution d'y mettre un terme. Cette idée s'empara de mon esprit avec une telle force que je courus au village d'une traite et m'écroulai, hors d'haleine, sur une chaise devant le comptoir du pharmacien. Le brave homme, qui était en train d'enlever ses volets, me dévisagea avec tant d'insistance que je retrouvai mes esprits.

« Mr Limmel, lui dis-je, en essayant de parler avec indifférence, voulez-vous jeter un coup d'œil là-dessus et me dire si tout va bien ? »

Il mit ses lunettes et étudia l'ordonnance.

« Voyons, elle vient du Dr Walton, dit-il. Quel problème pourrait-il y avoir ?

– Eh bien... est-ce que c'est dangereux ?

– Dangereux... dans quel sens ? »

J'avais envie de le secouer, tant je le trouvais stupide.

« Je veux dire... si quelqu'un en prenait trop... par erreur, bien entendu... » dis-je, le cœur battant à tout rompre.

– Seigneur, non. Ce n'est que de l'eau de tilleul. On peut en donner à un bébé à la louche. »

Je poussai un grand soupir de soulagement et courus chez Mr Ranford. Mais en chemin, une autre idée me vint à l'esprit. S'il n'y avait rien à cacher de ma visite chez le pharmacien, était-ce mon autre mission que Mrs Brympton souhaitait garder secrète ? Bizarrement, cette pensée m'effraya encore plus que la précédente. Pourtant, les deux hommes semblaient bons amis ; quant à la bonté de ma maîtresse, j'en aurais mis ma tête à couper. J'eus honte de mes soupçons et conclus que j'étais encore troublée par les étranges événements de la nuit.

Je laissai le mot chez Mr Ranford et me hâtai de rentrer à Brympton en me glissant par une petite porte sans être vue, du moins je le pensais.

Cependant, une heure plus tard, alors que j'apportais à ma maîtresse son petit déjeûner, Mr Brympton m'arrêta dans le couloir.

« Que faisiez-vous dehors si tôt ? me demanda-t-il en me regardant durement.

– Tôt... moi, monsieur ? » dis-je en tremblant.

– Allons, allons », dit-il, tandis que la colère faisait apparaître une tâche rouge sur son front, « ne vous ai-je pas vue rentrer précipitamment à la maison en vous glissant entre les arbustes, il y a un peu plus d'une heure ? »

Par nature, je dis la vérité, mais à ces mots, un mensonge sortit de ma bouche, tout prêt. « Non, monsieur », dis-je en le regardant droit dans les yeux.

Il haussa les épaules et partit d'un rire maussade. « Je suppose que vous m'avez cru ivre la nuit dernière ? demanda-t-il brusquement.

– Non monsieur », répondis-je, cette fois assez honnêtement.

Il se détourna en haussant de nouveau les épaules. « Belle opinion que celle que mes domestiques ont de moi ! » l'entendis-je grommeler en s'éloignant.

Ce ne fut que qu'en m'installant avec ma couture de l'après-midi que je me rendis compte à quel point les événements de la nuit m'avaient ébranlée. Je ne pouvais pas passer devant la porte fermée à clé sans un frisson. J'étais sûre d'avoir entendu quelqu'un en sortir et emprunter le couloir avant moi. J'envisageai un moment de parler à Mrs Blinder ou à Mr Wace, les deux seule personnes de la maison qui paraissaient avoir une petite idée de ce qui s'y passait, mais j'avais le sentiment que si je les interrogeais, ils nieraient tout et que j'en apprendrais davantage en tenant ma langue et en ouvrant les yeux. La pensée de passer une autre nuit en face de la chambre fermée à clé me rendait malade et, un moment, je fus même saisie par l'envie de faire ma malle et de prendre le premier train pour la ville. Mais ce n'était pas mon genre de laisser tomber ainsi une bonne maîtresse, et je fis mon possible pour continuer à coudre comme si de rien n'était. Je travaillais depuis dix minutes à peine quand la machine à coudre tomba en panne. Je l'avais trouvée dans la maison ; c'était une bonne machine mais un tantinet déréglée : Mrs Blinder disait que personne ne s'en était servi depuis la mort d'Emma Saxon. Je m'arrêtai pour voir ce qui n'allait pas et, tandis que j'inspectais la machine, un tiroir que je n'avais jamais réussi à ouvrir glissa en avant et une photographie en tomba. Je la ramassai et restai assise à la regarder, complètement désorientée. C'était un portrait de femme, et je savais que j'avais déjà vu ce visage quelque part : les yeux avaient un air interrogateur que j'avais déjà senti se poser sur moi. Et soudain, je me souvins de la femme pâle du couloir.

Je me levai d'un bond, glacée, et sortis de la pièce en courant. Mon cœur semblait cogner à tout rompre dans ma tête et j'avais l'impression que je ne pourrais jamais échapper à ce regard. J'allai directement trouver Mrs Blinder. Elle faisait la sieste et s'assit d'un bond à mon arrivée.

« Mrs Blinder, dis-je, qui est-ce ? » Et je lui tendis la photographie.

Elle se frotta les yeux et regarda.

« Eh bien, c'est Emma Saxon, dit-elle. Où l'avez-vous trouvée ? »

Je la dévisageai un instant. « Mrs Blinder, dis-je, j'ai déjà vu ce visage ».

Mrs Blinder se leva et se dirigea vers le miroir. « Mon Dieu ! J'ai dû m'endormir, dit-elle. Mon col est tout de travers. Et maintenant, Miss Hartley, sauvez-vous. J'entends sonner quatre heures ; il faut que je descende tout de suite mettre à cuire le jambon de Virginie pour le dîner de Mr Brympton. »

IV

Selon toute apparence, la vie continua comme à l'accoutumée pendant une ou deux semaines. La seule différence était que Mr Brympton restait là, au lieu de s'en aller comme d'habitude, et que Mr Ranford ne se montra pas une seule fois. J'entendis Mr Brympton en faire la remarque un après-midi qu'il était assis dans la chambre de ma maîtresse avant le dîner :

« Où est Ranford ? dit-il. On ne l'a pas vu dans les parages depuis une semaine. Est-ce qu'il reste à l'écart parce que je suis là ? »

Mrs Brympton répondit d'une voix si basse que je ne l'entendis pas.

« Enfin, poursuivit-il, deux c'est une compagnie, trois c'est une tromperie. Je regrette de gêner Ranford et j'imagine que je vais devoir m'en aller de nouveau dans un jour ou deux pour lui donner l'occasion de se montrer. » Il rit de sa propre plaisanterie.

Le lendemain même, justement, Mr Ranford vint en visite. Le valet de pied rapporta que tous trois prenaient le thé très gaiement dans la bibliothèque et Mr Brympton raccompagna Mr Ranford à la grille sans se presser.

J'ai dit que la vie continuait comme à l'accoutumée ; c'était vrai pour le reste de la maisonnée, mais pour ma part, je n'étais plus la même depuis la nuit où ma cloche avait sonné. Toutes les nuits je restais étendue sur mon lit sans trouver le sommeil, attendant qu'elle sonne de nouveau et que la porte de la chambre close s'ouvre furtivement. Mais la cloche ne sonnait pas et je n'entendais pas de bruit de l'autre côté du couloir. A la fin, le silence devint plus effrayant que les bruits les plus mystérieux. J'avais l'impression que *quelqu'un* était tapi derrière la porte close, observant et écoutant, tout comme j'observais et écoutais. Je fus presque sur le point de m'écrier : « Qui que vous soyez, sortez et montrez-moi votre visage, mais ne vous cachez pas ainsi en m'espionnant dans l'obscurité ! »

Peut-être vous demandez-vous pourquoi, avec ce que j'éprouvais, je n'ai pas donné mon congé. Un jour, je faillis le faire, mais à la dernière minute, quelque chose me retint. Je ne sais si c'était par compassion pour ma maîtresse, qui s'appuyait de plus en plus sur moi, parce que j'étais peu disposée à essayer une nouvelle place ou pour tout autre sentiment que je serais bien incapable de nommer, mais je m'attardais comme si j'étais ensorcelée, quoique chaque nuit fût épouvantable et les journées guère plus supportables.

D'abord, l'aspect de Mrs Brympton ne me plaisait pas. Elle n'était plus la même depuis cette fameuse nuit, pas plus que moi. Je pensais qu'elle s'égaierait après le départ de Mr Brympton, mais bien qu'elle parût plus tranquille, son moral ne s'améliora pas plus que ses forces. Elle s'était attachée à moi et semblait heureuse de ma présence près d'elle. Agnès me confia un jour que, depuis la mort d'Emma Saxon, j'étais la première femme de chambre pour qui sa maîtresse éprouvait de la sympathie. Un sentiment d'affection pour la pauvre femme monta en moi, bien que, après tout, je ne pusse pas faire grand-chose pour l'aider.

Après le départ de Mr Brympton, Mr Ranford reprit ses visites, mais elles étaient moins fréquentes qu'auparavant. Je le rencontrais de temps en temps dans le parc ou au village et je ne pouvais pas m'empêcher de penser que lui aussi avait changé, mais je mis cela sur le compte de mon imagination dérangée.

Les semaines passaient et Mr Brympton était parti depuis un mois maintenant. Nous apprîmes qu'il faisait une croisière aux Antilles avec un ami. Mr Wace dit que c'était très loin, mais que même avec les ailes d'une colombe et en allant à l'autre bout de la terre, on n'échappait pas au Tout-Puissant. Agnès répondit que, pourvu qu'il restât à l'écart de Brympton, le Tout-Puissant pouvait bien l'accueillir et le garder. Tout le monde se mit à rire, bien que Mrs Blinder essayât d'avoir l'air choquée et que Mr Wace déclarât qu'il fallait mesurer ses paroles.

Nous étions tous contents d'apprendre que les Antilles étaient loin et je me souviens qu'en dépit des airs graves de Mr Wace, le dîner à l'office fut joyeux ce jour-là. Je ne sais si c'était parce que j'avais meilleur moral, mais j'avais l'impression que Mrs Brympton avait l'air mieux elle aussi, et que son comportement était plus enjoué. Elle était sortie se promener dans la matinée. Après le déjeûner elle s'étendit sur son lit et je lui fis la lecture. Quand elle me congédia, j'allai dans ma chambre, heureuse et l'esprit joyeux. Pour la première fois depuis des semaines, je passai devant la porte close sans y penser. Assise à mon ouvrage, je regardai par le fenêtre et vis quelques flocons de neige. Ce spectacle était plus agréable que la pluie continuelle, et je m'imaginais combien les jardins dénudés seraient beaux sous leur manteau blanc. J'avais l'impression que la neige allait couvrir toute la désolation, dedans comme dehors.

Cette idée venait tout juste de me traverser l'esprit lorsque j'entendis un pas à côté de moi. Je levai les yeux, pensant que c'était Agnès.

« Eh bien, Agnès... » dis-je et les mots se figèrent sur mes lèvres car là, à la porte, se tenait *Emma Saxon*.

Je ne sais combien de temps elle y resta là. Tout ce que je sais c'est que je ne pouvais ni bouger ni la quitter des yeux. Plus tard, j'eus horriblement peur ; pourtant, en cet instant, ce n'était pas de la peur que je ressentais, mais quelque chose de plus profond et de plus calme. Elle me regarda longuement, fixement, et son visage exprimait une prière muette – mais comment diable pouvais-je l'aider ? Soudain, elle se détourna et je l'entendis marcher dans le couloir. Cette fois je n'eus pas peur de la suivre : je sentais qu'il fallait que je sache ce qu'elle voulait. Je bondis sur mes pieds et sortis en courant. Elle avait atteint le bout du couloir et je m'attendais à ce qu'elle se dirigeât vers la chambre de ma maîtresse. Au contraire, elle poussa la porte menant à l'escalier de service. Je descendis les marches derrière elle et la suivis le long du couloir vers la porte de service. A cette heure, la cuisine et l'office étaient déserts, les domestiques ayant leur congé à l'exception du valet de pied qui se trouvait dans l'arrière-cuisine. Elle s'arrêta un instant à la porte et me regarda une fois encore, puis elle tourna la poignée et sortit. J'hésitai quelques secondes. Où m'emmenait-elle ? La porte s'était refermée doucement derrière elle ; je l'ouvris et regardai dehors, m'attendant presque à découvrir qu'elle avait disparu. Mais je l'aperçus quelques mètres plus loin. Elle se hâtait de traverser la cour pour atteindre le chemin qui entrait dans les bois. Sa silhouette semblait noire et solitaire sous la neige. Un instant, le cœur me manqua et j'eus envie de rebrousser chemin. Mais pendant tout ce temps elle m'attirait à sa suite. Je saisis un vieux châle qui appartenait à Mrs Blinder et m'élançai dehors.

Emma Saxon avait atteint le chemin forestier. Elle continuait à marcher d'un pas ferme et je la suivais à la même allure au-delà des grilles, jusqu'à la grand-route. Elle prit alors à travers champs, vers le village. Le sol était devenu blanc et, tandis qu'elle gravissait la pente d'une colline devant moi, je m'aperçus qu'elle ne laissait pas d'empreintes. A cette vue, le cœur me manqua et mes jambes se dérobèrent sous moi. Curieusement, c'était encore pire ici qu'à l'intérieur. Sa présence rendait la campagne aussi solitaire qu'un tombeau : nous étions seules, sans personne à qui demander de l'aide dans tout le vaste monde.

Une seule fois, je tentai de rebrousser chemin, mais elle se retourna, me regarda et ce fut comme si elle me tirait au moyen d'une corde. Après quoi, je la suivis comme un petit chien. Nous arrivâmes au village, qu'elle me fit traverser en passant devant l'église et l'atelier du maréchal-ferrant, puis nous prîmes le chemin menant chez Mr Ranford. Sa maison est construite en bordure de la route: c'est un bâtiment simple à la manière ancienne; une allée pavée, bordée de buis, mène à la porte. Le chemin était désert et, en tournant pour l'emprunter, je vis qu'Emma Saxon s'était arrêtée sous le vieil orme près de la grille. Alors, une autre crainte s'empara de moi. Je compris que nous étions arrivées au terme de notre course et que c'était à mon tour d'agir. Depuis que nous avions quitté de Brympton, je me demandais ce qu'elle attendait de moi. Je l'avais suivie, presque en transe, et ce ne fut que quand je la vis s'arrêter devant la grille de Mr Ranford que je commençai à retrouver mes esprits. J'étais debout dans la neige à quelques pas, le cœur battant à tout rompre et les pieds rivés au sol; elle était sous l'orme et me regardait.

Je savais bien qu'elle ne m'avait pas conduite ici pour rien. Je sentais que je devais dire – ou faire – quelque chose, mais comment deviner? Je n'avais jamais pensé aucun mal de ma maîtresse et de Mr Ranford, mais j'étais désormais certaine que, pour une raison ou une autre, quelque chose de terrible les menaçait. *Elle* savait ce que c'était, elle me le dirait si elle le pouvait; peut-être répondrait-elle si je l'interrogeais.

L'idée de lui parler me faisait défaillir, mais je pris mon courage à deux mains et franchis avec peine les quelques mètres qui nous séparaient. C'est alors que j'entendis la porte de la maison s'ouvrir et que je vis Mr Ranford approcher. Il me parut beau et gai, comme ma maîtresse le matin même et, à sa vue le sang se remit à couler dans mes veines.

« Eh bien, Hartley, dit-il, que se passe-t-il? Je vous ai vue remonter l'allée à l'instant et je suis sorti voir si vous n'aviez pas pris racine dans la neige. » Il s'arrêta et me dévisagea. « Que regardez-vous? » demanda-t-il.

A ces mots je me tournai vers l'orme et ses yeux me suivirent: il n'y avait personne. Le chemin était désert, aussi loin que portait le regard.

Un sentiment d'impuissance m'envahit. Elle était partie et je n'avais pas réussi à deviner ce qu'elle voulait. Son dernier regard m'avait transpercée jusqu'à la moelle ; pourtant, il ne m'avait rien appris ! Tout à coup, je me sentis plus désespérée encore que quand elle était là à me regarder. J'avais l'impression qu'elle m'avait laissée seule avec le poids d'un secret que je ne pouvais pas deviner. La neige se mit à tourbillonner autour de moi, et le sol se déroba sous mes pieds...

Une goutte de cognac et la chaleur de la cheminée de Mr Ranford me ranimèrent bien vite et j'insistai pour qu'on me ramenât au plus vite à Brympton. Il faisait presque nuit et j'avais peur que ma maîtresse eût besoin de moi. J'expliquai à Mr Ranford que j'étais sortie me promener et que j'avais eu un étourdissement en passant devant chez lui. C'était presque la vérité ; pourtant jamais je n'ai eu autant l'impression de mentir qu'en prononçant ces mots.

Mrs Brympton, quand je l'habillai pour le dîner, remarqua ma pâleur et me demanda ce qui m'arrivait. Je lui répondis que j'avais mal à la tête. Elle me dit qu'elle n'aurait plus besoin de moi ce soir-là et me conseilla d'aller me coucher.

A la vérité, je tenais à peine sur mes jambes ; pourtant l'idée de passer la soirée seule dans ma chambre ne me disait vraiment rien. Je restai assise à l'office aussi longtemps que je pus garder la tête droite, mais à neuf heures je grimpai dans ma chambre, trop fatiguée pour me soucier de ce qui pouvait arriver, pourvu que ma tête fût posée sur mon oreiller. Les autres domestiques se mirent au lit peu après ; ils se couchaient tôt quand le maître était absent et, avant dix heures, j'entendis la porte de Mrs Blinder se fermer, puis peu après celle de Mr Wace.

La nuit était très calme, la terre et l'atmosphère étaient assourdies sous la neige. Une fois au lit, je me sentis plus tranquille et restai paisiblement allongée en écoutant les bruits étranges qu'on perçoit dans une maison, la nuit venue. A un moment, je crus entendre une porte qui s'ouvrait puis se refermait à l'étage du dessous ; cela pouvait être la porte vitrée donnant sur les jardins. Je me levai et regardai par la fenêtre, mais la lune n'éclairait pas de ce côté et, dehors, on ne distinguait rien d'autre que le ruban de neige contre les vitres.

Je retournai au lit et dus m'assoupir, car le tintement déchaîné de la cloche me réveilla en sursaut. Avant d'avoir rassemblé mes idées, je sautai du lit et saisis mes vêtements. *C'est maintenant que ça va se produire,* m'entendis-je murmurer, mais je n'avais aucune idée de ce que cela signifiait. J'avais l'impression d'avoir trempé les mains dans la glu et je crus que je n'arriverais jamais à enfiler mes vêtements. Finalement, j'ouvris la porte et regardai dans le couloir. Aussi loin que portait la flamme de ma bougie, je ne voyais rien d'anormal. Je me dépêchai, haletante, mais, en poussant la porte matelassée qui menait au couloir principal, mon cœur s'arrêta de battre, car là, en haut des marches, Emma Saxon scrutait les ténèbres dans une attitude terrifiante.

L'espace d'une seconde je ne pus bouger. Ma main glissa de la porte et, tandis que celle-ci se refermait, la silhouette disparut. Au même instant, un autre bruit se fit entendre en bas – un bruit furtif et mystérieux, comme celui d'une clé tournant dans la serrure de la porte d'entrée. Je courus à la chambre de Mrs Brympton et frappai à sa porte.

Il n'y eut pas de réponse et je frappai de nouveau. Cette fois j'entendis quelqu'un bouger dans la pièce. Le verrou fut tiré et ma maîtresse apparut devant moi. A ma grande surprise, je vis qu'elle ne s'était pas déshabillée pour la nuit. Elle me lança un regard stupéfait.

« Qu'y a-t-il, Hartley ? dit-elle dans un murmure. Vous êtes malade ? Que faites-vous ici à cette heure ?

– Je ne suis pas malade, madame, mais ma cloche a sonné. »

A ces mots, elle pâlit et parut sur le point de tomber.

« Vous faites erreur, dit-elle durement ; je n'ai pas sonné. Vous avez dû rêver. »

Je ne l'avais jamais entendu parler sur ce ton.

« Retournez vous coucher », dit-elle en fermant la porte devant moi.

Mais pendant qu'elle parlait, j'entendis encore du bruit en bas, dans le vestibule : un pas d'homme cette fois, et la vérité me sauta aux yeux.

« Madame, dis-je en la bousculant, il y a quelqu'un dans la maison...

– Quelqu'un... ?

– Mr Brympton, je crois... je l'entends marcher en bas... »

Son visage prit une expression d'épouvante et, sans un mot, elle s'écroula à mes pieds. Je me mis à genoux et essayai de la soulever. A sa manière de respirer, je vis que ce n'était pas un évanouissement ordinaire. Mais, pendant que je lui tenais la tête, un pas rapide se fit entendre dans l'escalier et le long du couloir : la porte s'ouvrit à la volée devant Mr Brympton dans les vêtements de voyage ruisselaient de neige. Il recula d'un bond en me voyant agenouillée auprès de ma maîtresse.

« Que diable se passe-t-il ? » cria-t-il. Son visage était moins coloré que d'habitude et la tâche rouge apparaissait sur son front.

« Mrs Brympton s'est évanouie, monsieur », dis-je.

Il émit un rire mal assuré et me bouscula pour passer. « C'est dommage qu'elle n'ait pas choisi un meilleur moment. Je regrette de la déranger, mais... »

Je me mis sur mes pieds, atterrée par son comportement.

« Monsieur, dis-je, vous êtes fou ? Que faites-vous ?

– Je vais voir un ami », répondit-il, et il fit mine de se diriger vers le dressing-room.

Mon sang ne fit qu'un tour. Je ne sais ce que je pensais ou craignais, mais je bondis et le saisis par la manche.

« Monsieur, monsieur, dis-je, pour l'amour du ciel, regardez votre femme ! »

Furieux, il se débarrassa de moi.

« Je crois que c'est fichu pour moi », dit-il en saisissant la porte du dressing-room.

A ce moment, j'entendis un léger bruit à l'intérieur. Bien qu'il fût à peine perceptible, Mr Brympton l'entendit aussi. Il ouvrit brutalement la porte, et se jeta en arrière. Sur le seuil se tenait Emma Saxon. Tout était sombre derrière elle, mais je la vis nettement, et lui aussi. Il leva les mains comme pour dissimuler son visage et quand je regardai de nouveau, elle était partie.

Il resta immobile, comme si toute force l'avait quitté et, dans le silence, ma maîtresse se redressa soudain, ouvrit les yeux et le regarda fixement. Puis elle retomba et je vis le souffle de la mort passer sur son visage...

Elle fut enterrée trois jours plus tard, sous une tempête de neige. Il y eut peu de monde à l'église car il faisait trop mauvais pour venir de la ville, et j'ai l'impression que ma maîtresse n'était pas du genre à avoir beaucoup d'amis proches. Mr Ranford fut parmi les derniers à arriver, juste avant que le cercueil n'entrât dans l'église. Il était vêtu de noir, bien entendu, en tant qu'ami intime de la famille, et je n'avais jamais vu un homme aussi pâle. Quand il passa devant moi, je remarquai qu'il s'appuyait un peu sur la canne qu'il tenait. J'imagine que Mr Brympton le vit aussi car la tache rouge apparut nettement sur son front et, pendant tout le service, il regarda Mr Ranford de l'autre côté de l'église, au lieu de se joindre aux prières, comme il convient à un parent du défunt.

Quand tout fut terminé, nous nous rendîmes au

cimetière. Mr Ranford avait disparu et aussitôt que le corps de ma pauvre maîtresse fut sous terre, Mr Brympton sauta dans la voiture la plus proche de la grille et partit sans dire un mot à personne. Je l'entendis crier, « A la gare », et nous, les domestiques, nous rentrâmes seuls à la maison.

Les yeux

Ce soir-là, après un excellent dîner chez notre vieil ami Culwin, une histoire racontée par Fred Murchard – le récit d'une étrange visite qu'il avait reçue – nous avait mis d'humeur à parler de fantômes.

A travers la fumée de nos cigares et à la lueur soporifique du charbon brûlant dans la cheminée, la bibliothèque de Culwin, avec ses murs aux lambris de chêne et ses vieilles reliures sombres, constituait un cadre idéal pour de telles évocations. Les expériences de première main sur les fantômes étant les seules qui nous semblaient acceptables après l'ouverture faite par Murchard, nous entreprîmes de dresser l'inventaire de notre groupe et d'exiger de chacun sa contribution. Nous étions huit, et sept firent en sorte de remplir, avec plus ou moins de bonheur, les conditions imposées. Nous fûmes tous surpris de constater que nous pouvions rassembler un tel éventail d'impressions surnaturelles, d'autant qu'aucun de nous, à l'exception de Murchard et du jeune Phil Frenham – dont l'histoire fut la plus insignifiante – n'avait pour habitude de laisser son âme explorer l'invisible. Dans l'ensemble, nous avions toutes les raisons d'être fiers de nos sept « prestations », et aucun de nous n'aurait songé à en espérer une huitième de la part de notre hôte.

Notre vieil ami, Mr Andrew Culwin, qui, calé dans son fauteuil, écoutait et clignait des yeux à travers les cercles de fumée, avec la tolérance bienveillante d'une sage et vieille idole, n'était pas le genre d'homme susceptible d'être réceptif à de tels contacts, bien qu'il eût suffisamment d'imagination pour apprécier, sans l'envier, la supériorité des avantages de ses invités. Par son âge et son éducation, il appartenait à la solide tradition positiviste, et son esprit avait été formé à l'époque de la lutte héroïque entre la physique et la métaphysique. Toutefois, dans sa jeunesse comme par la suite, il avait été avant tout spectateur, observateur détaché et plein d'humour de l'immense spectacle désordonné et varié de la vie, se levant de temps à autre discrètement de son siège pour un bref plongeon dans la gaieté qui régnait côté cour, mais ne montrant jamais, d'après ce qu'on savait, le moindre désir de bondir sur la scène pour faire un « numéro ».

Il existait chez ses contemporains une vague légende voulant qu'à une époque lointaine et dans un environnement romantique, il ait été blessé en duel ; mais cette histoire ne cadrait pas plus avec ce que les hommes plus jeunes de ma génération connaissaient de son caractère, que l'affirmation de ma mère selon laquelle il avait été « un petit homme charmant avec de beaux yeux » ne correspondait à une quelconque reconstitution possible de sa physionomie...

« Il n'a jamais pu ressembler à autre chose qu'à un faisceau de baguettes », avait dit un jour Murchard. « Ou plutôt à une bûche phosphorescente », avait rectifié quelqu'un d'autre ; et nous nous accordions sur le bonheur de cette image qui décrivait bien son torse court et épais et la lueur rougeâtre de ses yeux dans un visage semblable à de l'écorce tachetée. Il avait toujours disposé de beaucoup de temps libre, qu'il avait soigné et protégé, au lieu de le gaspiller en vaines activités. Ses heures soigneusement défendues avaient été consacrées à la culture d'une intelligence délicate et à quelques habitudes judicieusement choisies ; aucune des perturbations communes à l'expérience humaine n'avait semblé traverser son horizon. Néanmoins, sa vue d'ensemble impartiale de l'univers n'avait pas rehaussé l'opinion qu'il se faisait de cette précieuse expérience, et son étude de la race humaine paraissait avoir débouché sur la conclusion que tous les hommes étaient superflus et les femmes nécessaires uniquement parce qu'il fallait bien que quelqu'un fît la cuisine. Il était absolument convaincu de l'importance de ce sujet et la gastronomie était la seule science qu'il révérait comme un dogme. Il faut reconnaître que ses petits dîners contribuaient à renforcer cette opinion, et constituaient une des raisons – pas la principale, cependant – de la fidélité de ses amis.

Du point de vue spirituel, il pratiquait une hospitalité moins séduisante, mais tout aussi stimulante. Son esprit ressemblait à un forum ou à une sorte d'espace de rencontres ouvert où s'échangeaient des idées : un endroit froid et exposé à tous les vents, mais léger, spacieux et ordonné – une sorte de bosquet académique dont toutes les feuilles seraient tombées. Dans ce lieu privilégié, nous étions une douzaine à avoir l'habitude d'étirer nos muscles et de gonfler nos poumons ; et, comme pour prolonger aussi longtemps que possible la tradition de ce que nous ressentions comme une institution sur le point de disparaître, un ou deux néophytes venaient de temps à autre se joindre à notre groupe.

Le jeune Phil Frenham était la dernière de ces recrues et la plus intéressante. Il illustrait parfaitement l'affirmation quelque peu macabre de Murchard qui prétendait que notre vieil ami « les aimait juteux ». Il est vrai que Culwin, en dépit de sa sécheresse, appréciait particulièrement les qualités lyriques de la jeunesse. Etant bien trop bon épicurien pour brûler les fleurs de l'âme qu'il collectionnait pour son jardin, son amitié n'avait pas d'influence destructrice ; au contraire, elle encourageait la floraison des jeunes esprits. Et il avait un bon sujet d'étude en Phil Frenham. Le jeune homme était vraiment intelligent et sa nature saine était semblable à une pâte pure sous un fin vernis. Culwin l'avait pêché dans un brouillard d'ennui familial et l'avait hissé à un sommet ; cette aventure n'avait pas fait le moindre mal au jeune homme. En fait, l'adresse avec laquelle Culwin s'était arrangé pour stimuler ses centres d'intérêt, sans pour autant leur voler la fraîcheur de leur crainte révérentielle, me semblait une réponse suffisante à la métaphore dévorante de Murchard. Il n'y avait pas de fièvre dans l'épanouissement de Frenham et son vieil ami n'avait pas même effleuré du bout des doigts les sottises sacrées. Il n'en existait pas de meilleure preuve que le fait que Frenham les révérait encore chez Culwin.

« Il y a un côté chez lui que vous autres ne voyez pas. Moi je crois à cette histoire de duel ! » déclarait-il ; et tout naturellement, cette foi le poussa – au moment où notre petite assemblée se dispersait – à se retourner vers notre hôte pour lui demander en plaisantant : « Maintenant, c'est à vous de nous parler de *votre* fantôme ! »

La porte de dehors s'était refermée sur Murchard et les autres ; il ne restait que Frenham et moi. Le domestique dévoué qui présidait au destin de Culwin, après avoir renouvelé la réserve d'eau de Seltz, avait reçu l'ordre laconique d'aller se coucher.

La sociabilité de Culwin était une fleur nocturne et nous savions qu'il attendait que le noyau de son groupe se resserrât autour de lui après minuit. Toutefois, la prière de Frenham parut le déconcerter de manière comique et il se leva de la chaise où il venait de se réinstaller après avoir dit au revoir à ses invités dans le vestibule.

« *Mon* fantôme ? Croyez-vous que je sois suffisamment bête pour faire la dépense d'en entretenir un, alors qu'il y en a de si charmants dans les placards de mes amis ? Prenez un autre cigare », dit-il, en se tournant vers moi en riant.

Frenham rit aussi en se redressant de toute sa minceur devant la cheminée, et se retourna pour faire face à son vieil ami plus petit aux cheveux hérissés.

« Oh, dit-il, vous ne vous seriez jamais contenté de partager si vous en aviez rencontré un vraiment à votre goût. »

Culwin s'était laissé retomber dans son fauteuil, sa tignasse enfoncée dans le creux du cuir usé, ses petits yeux luisant faiblement au-dessus de son nouveau cigare.

« A mon goût... *à mon goût* ? Seigneur ! » grommela-t-il.

« Ah, cela vous est donc arrivé ! » Frenham sauta sur l'occasion en me lançant de côté un regard triomphant ; mais Culwin se recroquevilla au milieu des coussins comme un gnome, et se dissimula derrière un nuage de fumée protecteur.

« A quoi cela sert-il de nier ? Vous avez tout vu, donc vous avez forcément vu un fantôme ! » insista son jeune ami, parlant hardiment dans le nuage. « Ou, si vous n'en avez pas vu un, c'est que vous en avez vu deux ! »

La tournure du défi parut frapper notre hôte. Sa tête émergea brusquement du brouillard avec l'étrange mouvement, semblable à celui d'une tortue, qu'il avait parfois et il cligna des yeux d'un air approbateur à l'intention de Frenham.

« C'est cela, nous lança-t-il avec un rire strident et saccadé ; c'est que j'en ai vu deux ! »

Ces mots étaient si inattendus qu'ils s'enfoncèrent dans un profond silence, tandis que nous continuions à nous regarder fixement par-dessus la tête de Culwin et que Culwin regardait fixement ses fantômes. Enfin, sans parler, Frenham se laissa tomber sur la chaise placée de l'autre côté de la cheminée et se pencha en avant avec un sourire attentif...

II

« Oh, bien sûr, ce ne sont pas des fantômes de musée ; ils n'intéresseraient pas un collectionneur... Ne vous faites pas d'illusion... leur seul mérite est leur force numérique : le fait exceptionnel qu'ils soient *deux*. Toutefois, pour contrebalancer cela, il me faut bien admettre que j'aurais probablement pu les exorciser à tout moment en demandant une ordonnance à mon médecin, ou à mon oculiste pour me faire faire une paire de lunettes. Simplement, comme je n'ai jamais pu me décider entre le médecin et l'oculiste – je n'ai jamais su si j'étais atteint de troubles visuels ou digestifs – je leur laissai poursuivre leur intéressante double vie, bien que, par moments, ils aient rendu la mienne extrêmement inconfortable...

« Oui... inconfortable ; et vous savez à quel point je déteste l'inconfort ! Mais à cause de ma stupide fierté, je n'ai pas voulu admettre, lorsque tout a commençé, que le simple fait qu'ils fussent deux pouvait me déranger.

« De plus, je n'avais en réalité aucune raison de penser que j'étais malade. Tout ce que je savais, c'était que je m'ennuyais... je m'ennuyais terriblement. Le fait de me sentir si singulièrement bien – je m'en souviens – faisait partie de mon ennui et je ne savais pas comment diable utiliser mon trop-plein d'énergie. Je revenais d'un long voyage – l'Amérique du Sud et le Mexique – et je m'étais installé pour l'hiver près de New York, chez une vieille tante qui avait connu Washington Irving et avait entretenu une correspondance avec N.P. Willis. Elle vivait près d'Irvington, dans une villa gothique humide, surplombée d'épicéas de Norvège, qui avait tout à fait l'apparence d'une coiffure en forme de monument funéraire. Quant à elle, son allure était en harmonie avec cette image et ses cheveux – qui se faisaient rares – auraient pu être sacrifiés à la confection du monument.

« Je sortais d'une année agitée, avec des arriérés

considérables à compenser, tant du point de vue pécuniaire que du point de vue sentimental ; et, théoriquement, la douce hospitalité de ma tante aurait dû être aussi bénéfique pour mes nerfs que pour mon porte-monnaie. Pourtant, le drame fut que, dès que je me sentis à l'abri et en sécurité, mon énergie commença à se réveiller ; et comment la dépenser dans un monument funéraire ? A l'époque, j'entretenais l'illusion qu'un effort intellectuel soutenu suffisait à monopoliser toute la vitalité d'un homme. Je pris la décision d'écrire un livre important... je ne me souviens plus sur quel sujet. Ma tante, impressionnée par mon projet, me céda sa bibliothèque gothique, remplie de classiques recouverts de toile noire et de daguerréotypes de célébrités d'antan, et je m'assis à mon bureau pour conquérir ma place parmi eux. Pour me faciliter la tâche, elle fit venir une cousine pour recopier mon manuscrit.

« Cette cousine était une fille bien et j'eus l'impression que c'était exactement ce qu'il me fallait pour retouver ma foi en la nature humaine et surtout en moi-même. Elle n'était ni belle ni intelligente – pauvre Alice Nowell ! – mais cela m'intéressait d'observer une femme qui se satisfaisait de son manque d'attrait, et je voulais découvrir le secret de sa satisfaction. Je m'y pris de manière assez imprudente et troublai cette sérénité – oh, quelque temps seulement ! Il n'y a aucune fatuité à vous révéler cela, car la pauvre n'avait jamais rencontré que des cousins...

« Bref, je regrettais ce que j'avais fait, bien entendu, et je me demandai bien comment arranger la situation. Elle habitait la maison et, un soir, après le coucher de ma tante, elle descendit à la bibliothèque pour chercher un livre que, telle une héroïne ingénue, elle avait égaré sur les rayons derrière nous. Elle avait le nez rouge et elle était troublée. Soudain, l'idée me vint que ses cheveux, bien qu'ils fussent assez beaux et épais, deviendraient avec l'âge exactement comme ceux de ma tante. Cette découverte me fit plaisir car elle me facilitait les choses ; lorsque j'eus trouvé le livre qu'elle n'avait pas perdu, je lui dis que je partais pour l'Europe dans la semaine.

« L'Europe était terriblement lointaine à l'époque et Alice comprit tout de suite ce que cela signifiait. Elle ne réagit pas du tout comme je l'avais escompté – cela aurait été plus facile pour moi. Elle serra très fort son livre et se détourna un instant pour remonter la lampe sur mon bureau – je me souviens qu'elle avait un abat-jour de verre dépoli avec un décor de feuilles de vigne et des perles de verre autour du bord. Puis elle revint, me tendit la main et dit : "Au revoir". En prononçant ces mots, elle me regarda droit dans les yeux et m'embrassa. Je n'avais jamais rien senti d'aussi frais, d'aussi timide et d'aussi courageux que son baiser. C'était pire que n'importe quel reproche et je me sentais honteux de mériter un reproche de sa part. Je me dis : "Je vais l'épouser et lorsque ma tante mourra, elle nous laissera cette maison. Je m'assiérai à ce bureau et je continuerai mon livre ; Alice s'assiéra là-bas, avec sa broderie, et me regardera comme elle me regarde maintenant. Et la vie s'écoulera ainsi au fil des ans." Cette perspective me faisait un peu peur, mais pas autant, en cet instant, que l'idée de lui faire du mal de quelque manière que ce fût. Dix minutes plus tard, ma chevalière était à son doigt et elle avait la promesse que je l'emmènerais avec moi à l'étranger.

« Vous vous demandez sans doute pourquoi je m'étends sur cet incident. C'est parce qu'il se produisit le soir même où j'eus pour la première fois l'étrange vision dont je vous ai parlé. Je croyais fermement à l'époque qu'il devait toujours y avoir un lien logique de cause à effet et j'essayai tout naturellement de trouver un rapport entre ce qui venait de m'arriver dans la bibliothèque de ma tante et ce qui allait se produire quelques heures plus tard. C'est pourquoi ces deux événements demeurèrent toujours liés dans mon esprit.

« Je montai me coucher le cœur assez lourd, ployant sous la charge de ma première bonne action accomplie sciemment. Malgré ma jeunesse, je comprenais la gravité de la situation. N'en concluez pas que j'avais été jusqu'alors un instrument de destruction. Je n'étais qu'un jeune homme inoffensif qui avait suivi son penchant et rejeté toute collaboration avec la Providence. Je venais soudain d'entreprendre de promouvoir l'ordre moral du monde et j'éprouvais le même sentiment que le spectateur confiant qui a donné sa montre en or au prestidigitateur et se demande sous quelle forme elle lui reviendra une fois le tour terminé... Malgré tout, un soupçon de fatuité tempérait mes craintes et, en me déshabillant, je me dis que lorsque j'aurais pris l'habitude de la bonté, celle-ci me rendrait sans doute moins nerveux qu'au début. En me mettant au lit et en éteignant ma bougie, j'eus l'impression que je m'y habituais déjà et que, au point où j'en étais, c'était un peu comme s'enfoncer dans l'un des matelas de ma tante à la laine si moelleuse.

« Je fermai les yeux sur cette image. Lorsque je les rouvris, il devait être beaucoup plus tard, car il faisait froid dans la chambre et un silence intense y régnait. Je fus réveillé par le sentiment bizarre que nous connaissons tous – le sentiment qu'il y avait quelque chose dans la pièce qui n'y était pas lorsque je m'étais endormi. Je m'assis et écarquillai les yeux dans l'obscurité. Il faisait noir comme dans un four et tout d'abord je ne vis rien ; mais, petit à petit, une faible lueur au pied du lit se transforma en deux yeux qui me regardaient fixement. Je n'arrivais pas à distinguer le visage auquel ils appartenaient mais, plus je les regardais, plus ils devenaient distincts : ils émettaient leur propre lumière.

« L'impression d'être ainsi dévisagé était loin d'être agréable, et vous pourriez croire que ma première réaction allait être de bondir du lit et de me précipiter sur la silhouette invisible à laquelle appartenaient ces yeux. Ce ne fut pas le cas – je réagis simplement en restant immobile... Je ne puis dire si ce fut parce que j'eus immédiatement conscience de l'étrangeté de cette apparition – au point d'avoir la certitude que si je bondissais du lit, je me heurterais au néant – ou simplement parce que les yeux me paralysaient. C'étaient les yeux les plus horribles qu'il me fut donné de voir : des yeux d'homme... mais de quel homme ! Ma première idée fut qu'il devait être terriblement vieux. Les orbites étaient enfoncées et les paupières, ourlées d'une épaisse ligne rouge, descendaient sur les globes oculaires comme des stores dont les cordons auraient été cassés. Une paupière tombait un peu plus bas que l'autre, donnant au regard un air mauvais et torve ; entre les plis de la peau, avec leurs rares touffes de cils, les yeux, petits disques vitreux entourés d'un cercle à l'aspect d'agate, ressemblaient à des galets prisonniers d'une étoile de mer.

« Cependant, l'âge des yeux n'était pas ce qu'ils avaient de plus déplaisant. Ce qui me rendait malade, c'était leur expression de sécurité malveillante. Je ne sais comment qualifier autrement le fait qu'ils paraissaient appartenir à un homme ayant fait beaucoup de mal dans sa vie, sans jamais toutefois s'exposer au danger. Ce n'étaient pas des yeux de lâche, mais ceux d'un être beaucoup trop malin pour prendre des risques ; et ma gorge se serrait devant leur expression de ruse abjecte. Pourtant, il y avait quelque chose de pire encore ; en effet, pendant que nous continuions à nous observer, j'y vis une pointe de dérision dont je me sentis l'objet.

« Alors, un élan de rage me saisit, je me levai brusquement et m'élançai droit sur la silhouette invisible. Bien entendu, je ne rencontrai rien et mes poings frappèrent le vide. Honteux et gelé, je tâtonnai pour trouver du feu et allumer les bougies. L'aspect de la chambre était le même qu'à l'accoutumée, comme je m'en étais douté ; je retournai au lit et soufflai les bougies.

« Dès que la pièce fut de nouveau dans l'obscurité,

les yeux réapparurent ; je m'efforçai alors d'expliquer leur présence en m'appuyant sur des lois scientifiques. Tout d'abord, je pensai que l'illusion avait pu être causée par la lueur des dernières braises dans la cheminée, mais celle-ci se trouvait de l'autre côté de mon lit, placée de telle manière que le feu ne pouvait se refléter dans la glace de ma coiffeuse, seul miroir de la pièce. Puis je me dis que j'avais peut-être été trompé par le reflet des braises sur un morceau de bois ou de métal poli ; et, bien qu'aucun objet de ce genre n'apparût dans mon champ de vision, je me levai de nouveau et me dirigeai à tâtons vers le foyer pour couvrir ce qui restait du feu. Mais dès que je me fus recouché, les yeux surgirent au pied du lit.

« Donc, pas de doute, c'était une hallucination. Cependant, le fait qu'ils ne fussent pas le fruit d'une illusion extérieure ne les rendait en rien plus agréables. En effet, s'ils étaient une projection de ma conscience, que diantre arrivait-il à cet organe ? J'avais suffisamment étudié les mystères des états pathologiques morbides pour imaginer les conditions dans lesquelles un être explorant son esprit pouvait laisser la voie ouverte à un avertissement nocturne de ce genre, mais je ne parvenais pas à appliquer cela à mon cas présent. Je ne m'étais jamais senti aussi normal, mentalement et physiquement, et le seul fait nouveau de ma situation – celui d'avoir assuré le bonheur d'une gentille jeune fille – ne semblait pas de nature à attirer des esprits troubles autour de mon oreiller. Pourtant, les yeux étaient encore là à me regarder.

« Je fermai les miens et tentai d'évoquer la vision d'Alice Nowell. Ses yeux n'avaient rien de remarquable mais ils étaient aussi sains que de l'eau fraîche et, si elle avait eu davantage d'imagination – ou des cils plus longs –, leur expression aurait pu être intéressante. Quoi qu'il en soit, ils ne se révélèrent pas très efficaces et, peu de temps après, je me rendis compte qu'ils avaient mystérieusement pris l'apparence de ceux qui se trouvaient au pied du lit. J'étais encore plus exaspéré de sentir leur regard furieux à travers mes paupières closes que de les voir ; je rouvris les yeux et les fixai dans toute leur infamie...

« Cela persista toute la nuit. Je ne saurais vous décrire ce qu'elle fut ni le temps qu'elle dura. Vous est-il arrivé d'être couché, désespérément éveillé, et d'essayer de garder les yeux fermés en sachant que si vous les ouvrez vous allez voir quelque chose que vous redoutez et abhorrez ? Cela semble facile, mais c'est diablement difficile. Les yeux planaient là et m'attiraient. J'avais le *vertige de l'abîme** et leurs paupières rouges formaient le bord du gouffre... J'avais déjà connu des moments d'inquiétude, des moments où j'avais senti le souffle du danger sur ma nuque, mais jamais cette sorte de tension. Non que les yeux fussent épouvantables ; ils ne possédaient pas la majesté des puissances des ténèbres. Mais ils produisaient – comment dirais-je ? – un effet physique équivalent à une odeur fétide : leur regard laissait une traînée semblable à celle d'un escargot. De toute manière, je ne voyais pas ce qu'ils me voulaient, et je les fixais sans relâche en essayant de le découvrir.

« Je ne sais quel effet ils essayaient de produire. Toujours est-il que leur apparition eut pour conséquence de me faire emballer mon portemanteau et me précipiter en ville tôt le lendemain matin. Je laissai un mot à ma tante, lui expliquant que j'étais malade et que j'allais consulter un docteur ; le fait est que je me sentais singulièrement malade... j'avais l'impression que la nuit m'avait pompé tout mon sang. Toutefois, en arrivant en ville, je n'allai pas chez le médecin. Je me rendis chez un ami, me jetai sur un lit et dormis dix heures divines. Je m'éveillai au milieu de la nuit et mon sang se figea à l'idée de ce qui m'attendait peut-être. Je m'assis en tremblant et scrutai l'obscurité, mais elle offrait une surface lisse qu'aucune faille ne venait troubler. Lorsque je m'aperçus que les yeux n'étaient pas là, je sombrai à nouveau dans un profond sommeil.

« Je n'avais pas laissé de message à Alice en m'enfuyant, car j'avais l'intention de revenir le lendemain, mais le matin suivant, j'étais trop épuisé pour bouger. Tout au long du jour, mon épuisement s'accrut, au lieu de se dissiper comme la fatigue laissée par une nuit d'insomnie ordinaire : l'effet des yeux paraissait se prolonger et la pensée de les revoir devenait intolérable. Je luttai contre ma terreur pendant deux jours ; le troisième soir, je me ressaisis et décidai de rentrer le lendemain matin. Je me sentis bien plus heureux dès que j'eus pris cette résolution, car je savais que ma disparition soudaine et le fait étrange que je n'aie pas écrit avaient dû causer beaucoup de peine à la pauvre Alice. Je me couchai l'esprit léger et m'endormis immédiatement ; au milieu de la nuit, je me réveillai et les yeux étaient là...

« Bref, il m'était tout simplement impossible de les affronter et, au lieu de retourner chez ma tante, je mis quelques affaires dans une malle et pris le premier bateau pour l'Angleterre. J'étais tellement fatigué en montant à bord que je me traînai tout de suite jusqu'à ma couchette et dormis presque toute la journée. Je ne saurais vous dire la béatitude que j'éprouvais à me réveiller de mes longues heures sans rêves et à scruter sans peur l'obscurité, *sachant* que je ne verrais pas les yeux...

« Je passai un an à l'étranger, puis encore un an et, pendant ce temps, je ne les entrevis pas une seule fois. Ç'aurait été une raison suffisante pour prolonger mon séjour si j'avais été sur une île déserte. Le fait que, bien entendu, je m'étais parfaitement rendu compte, au cours de la traversée, de l'impossibilité totale dans laquelle je me trouvais d'épouser Alice Nowell en était une autre. Le temps qu'il m'avait fallu pour découvrir cela m'ennuyait et me donnait le désir d'éviter les explications. Le bonheur d'avoir échappé d'un seul coup aux yeux et à cette autre cause de souci donnait une saveur extraordinaire à ma liberté ; plus je la goûtais, plus je l'appréciais.

« Les yeux avaient tellement marqué mon esprit que je continuai longtemps à m'interroger sur la nature de l'apparition et à me demander si elle se manifesterait de nouveau un jour. Cependant, avec le temps, cette terreur me quitta et je ne conservai qu'une image précise. Puis cela aussi s'effaça.

« La seconde année, je m'étais installé à Rome, où je projetais, je crois, d'écrire un autre livre important – une somme consacrée aux influences étrusques sur l'art italien. Quoi qu'il en soit, c'était le genre de prétexte que j'avais trouvé pour prendre une appartement ensoleillé sur la Piazza di Spagna et me mêler aux passants du Forum ; c'est là qu'un matin, un jeune homme charmant vint vers moi. Debout, là, dans la lumière douce, mince, lisse et doré, il aurait pu surgir d'un autel en ruine – dédié à Antinoüs, par exemple – mais, au lieu de cela, il venait de New York avec une lettre (devinez de qui) d'Alice Nowell. Cette lettre – la première que je recevais d'elle depuis notre rupture – n'était qu'un mot pour me présenter son jeune cousin, Gilbert Noyes, et me prier de lui venir en aide. Il semblait que le pauvre garçon "avait du talent" et "voulait écrire" ; une famille inflexible ayant insisté pour que sa calligraphie s'exerçât dans des livres de comptabilité en partie double, Alice était intervenue et lui avait fait gagner six mois de répit, pendant lesquels il devait voyager avec un maigre revenu et prouver comme il le pouvait son aptitude à l'augmenter grâce à sa plume. Ce qui me frappa tout d'abord, ce furent les conditions originales de cette expérience : elle paraissait presque aussi décisive qu'une "épreuve" médiévale. Puis, je fus touché par le fait qu'Alice me l'eût envoyé. J'avais toujours voulu lui rendre un service, pour me justifier à mes propres yeux plus qu'aux siens. C'était une occasion rêvée.

« Je suppose qu'on peut sans risque poser pour

principe général que les génies prédestinés ne surgissent pas, habituellement, dans le soleil printanier du Forum, sous l'apparence d'un de ses dieux exilés. Quoi qu'il en soit, le pauvre Noyes n'était pas un génie prédestiné, mais il était superbe à voir et faisait un camarade charmant. Ce ne fut que lorsqu'il commença à parler littérature que le cœur me manqua. Je connaissais si bien tous les symptômes – les choses qu'il avait « en lui » et les choses extérieures qui le touchaient ! Voilà le véritable test, après tout. C'était toujours – précisément, inévitablement, inexorablement, comme un principe mécanique – c'était *toujours* ce qui n'aurait pas dû l'émouvoir qui le touchait. J'en vins à éprouver une certaine fascination à découvrir avec exactitude, par avance, le mauvais choix qu'il allait faire et j'acquis une adresse étonnante à ce jeu...

« Le pire était que sa *bêtise** n'était pas d'un genre trop évident. Les femmes qui le rencontraient lors de pique-niques le prenaient pour un intellectuel et, même dans les dîners, il passait pour intelligent. Pour moi, qui l'observais au microscope, je m'imaginais de temps à autre qu'il montrerait peut-être une forme de talent mineur, quelque chose dont il pourrait s'accommoder et se contenter ; n'était-ce pas cela, après tout, qui m'intéressait ? Il était tellement charmant – il continuait à être tellement charmant – qu'il mobilisait toute mon indulgence en faveur de cette idée et, durant les premiers mois, je crus réellement qu'il avait une chance...

« Ces mois furent délicieux. Noyes était constamment avec moi et plus je le voyais, plus je l'aimais. Sa stupidité avait un charme naturel – elle était superbe, vraiment, comme ses cils. De plus, il était si gai, si affectueux et si heureux avec moi, que lui dire la vérité aurait été à peu près aussi agréable que de trancher la gorge à un animal très doux. Tout d'abord je me demandai ce qui avait pu faire entrer dans cette tête radieuse l'illusion détestable qu'elle contenait un esprit. Puis je me rendis compte qu'il ne s'agissait que d'un mimétisme protecteur – une ruse instinctive pour échapper à la vie familiale et au travail de bureau. Non que Gilbert ne crût pas en lui-même, le cher garçon ! Il n'y avait pas trace d'hypocrisie en lui. Il était persuadé que sa « vocation » était irrésistible, alors que pour moi le fait qu'elle ne le fût *pas*, et qu'un peu d'argent, un peu de temps libre et quelques plaisirs auraient fait de lui un inoffensif désœuvré, rachetait sa situation. Malheureusement, il ne pouvait espérer d'argent et, avec l'alternative du travail de bureau qui l'attendait, il ne pouvait remettre sa tentative littéraire. Ce qu'il écrivait était déplorable et je me rends compte maintenant que je le savais depuis le début. Pourtant, l'absurdité qui consiste à décider de tout l'avenir de quelqu'un sur un premier essai paraissait légitimer mon choix de différer le verdict et même, peut-être, d'encourager un peu Gilbert, sous prétexte que l'esprit de l'homme, tel une plante, a généralement besoin de chaleur pour s'épanouir.

« Quoi qu'il en soit, j'agis selon ce principe et l'appliquai au point de prolonger sa période d'essai. Lorsque je quittai Rome, il partit avec moi, et nous passâmes un été délicieux entre Capri et Venise à ne rien faire. Je me disais : "S'il a quelque chose en lui, cela va sortir maintenant." et c'est ce qui se produisit. Il fut plus enchanteur et enchanté que jamais. A certains moments de notre pèlerinage, la beauté née d'un murmure semblait véritablement gagner son visage – mais seulement pour se perdre en un flot de l'encre la plus pâle...

« Enfin, le moment vint de fermer le robinet et je savais que seule ma main pouvait le faire. Nous étions de retour à Rome et il habitait avec moi, car je ne voulais pas qu'il fût seul dans sa *pension** lorsqu'il lui faudrait affronter la nécessité de renoncer à son ambition. Bien entendu, je ne m'étais pas fié à mon seul jugement pour décider de lui conseiller d'abandonner la littérature. J'avais envoyé ses écrits à diverses personnes – éditeurs et critiques – et ceux-ci les avaient toujours retournés avec la même absence de commentaire glacée. Vraiment, il n'y avait rien à dire.

« Je reconnais que je ne me suis jamais senti aussi méprisable que le jour où je décidai de m'expliquer avec Gilbert. J'avais beau me dire qu'il était de mon devoir de faire voler en éclats les espoirs du pauvre garçon... mais j'aimerais bien savoir quel acte de cruauté gratuite n'a pas été justifié par cette excuse. J'ai toujours répugné à usurper les fonctions de la providence et, lorsqu'il me faut les exercer, je préfère résolument que ce ne soit pas pour une mission de destruction. De plus, en dernier ressort, qui étais-je pour décider, même après un an d'essai, que le pauvre Gilbert avait ou non du talent ?

« Plus j'examinai le rôle que j'avais résolu de jouer, moins il me plaisait, et il me plut encore moins lorsque Gilbert se trouva assis en face de moi, la tête rejetée en arrière dans la lumière de la lampe, tout comme Phil maintenant... J'avais lu attentivement son dernier manuscrit, et il le savait, comme il savait que son avenir dépendait de mon verdict – nous en étions tacitement convenus. Le manuscrit était posé entre nous, sur mon bureau ; c'était un roman, son premier roman, s'il vous plaît ! Il tendit le bras et posa la main dessus, puis leva les yeux vers moi, toute sa vie concentrée dans son regard.

« Je me levai et m'éclaircis la voix en essayant d'éviter de regarder son visage et en fixant le manuscrit.

« "Le fait est, mon cher Gilbert," commençai-je ...

« Je le vis pâlir, mais l'instant d'après, il était debout et me faisais face.

« "Oh, allons, ne le prenez pas ainsi, mon cher ! Je ne suis pas démoralisé à ce point !" Il avait posé ses mains sur mes épaules et il riait en me regardant de toute sa hauteur, avec une sorte de gaieté frappée à mort qui me retournait le couteau dans la plaie.

« Son courage était trop admirable pour que je continue à me raconter des blagues sur mon devoir. Je me rendis soudain compte combien j'allais en peiner d'autres en le peinant lui-même : tout d'abord moi-même, car le renvoyer chez lui signifiait le perdre, mais surtout la pauvre Alice Nowell à qui je souhaitais tant prouver ma bonne foi et mon désir de la servir. Laisser tomber Gilbert revenait à la laisser tomber une seconde fois.

« Toutefois, mon intuition fut comme l'un de ces éclairs qui illuminent tout l'horizon et, au même instant, je vis dans quoi j'allais peut-être m'engager si je ne lui révélais pas la vérité. Je me dis : "Il sera mien ma vie entière" Je n'avais encore rencontré personne, homme ou femme, que j'eusse autant désiré avoir à mes côtés. Cette bouffée d'égoïsme me décida. Elle me faisait honte et, pour y échapper, je pris mon élan et atterrit dans les bras de Gilbert.

« "C'est très bien, vous vous trompez complètement", lui dis-je en criant. Tandis qu'il m'étreignait et que je riais et tremblais dans ses bras, j'éprouvai un instant le sentiment de suffisance censé s'attacher aux pas des justes. Que diable ! Rendre les gens heureux *possède* son charme.

« Bien entendu, Gilbert voulait fêter son émancipation de manière spectaculaire, mais je le laissai partir seul pour épancher son émotion et allai me coucher pour que la mienne se dissipât dans le sommeil. En me déshabillant, je me demandais quel en serait l'arrière-goût : il y en a tant parmi les plus belles qui ne durent pas ! Quoi qu'il en soit, je n'avais pas de remords et j'avais l'intention d'aller jusqu'au bout, même si la route devait devenir un peu monotone.

« Je restai étendu un long moment dans mon lit et souris en évoquant ses yeux... ses yeux merveilleux... Puis je m'endormis et, à mon réveil, il régna un froid mortel dans la pièce. Je m'assis en sursaut ; *les autres yeux* étaient là...

« Je ne les avais pas vus depuis trois ans, mais j'y avais pensé si souvent que j'étais persuadé qu'ils ne pourraient plus jamais me surprendre. Au moment où ils poseraient leur regard rougeâtre et sarcastique sur moi, je compris que je n'avais jamais cru réellement à leur retour et que j'étais toujours aussi désarmé en leur présence... Comme la première fois, le plus horrible était l'absurdité insensée de leur venue. Que diantre cherchaient-ils pour m'assaillir en cet instant ? J'avais vécu avec plus ou moins d'insouciance depuis leur première apparition ; toutefois, mes pires imprudences n'étaient pas assez graves pour mériter l'examen de leur regard infernal. En outre, à l'époque, j'étais véritablement dans une sorte d'état de grâce et vous ne pouvez imaginer à quel point cela ajoutait à leur infamie...

« Il ne suffit pas de dire qu'ils étaient aussi affreux qu'avant : ils étaient pires. Pires de tout ce que la vie m'avait appris entre-temps, pires de toutes les implications détestables que je pouvais lire en eux grâce à ma plus grande expérience. Je voyais maintenant ce qui m'avait échappé auparavant : ces yeux étaient devenus hideux peu à peu, ils avaient construit leur ignominie comme le corail, morceau par morceau, à partir de multiples petites turpitudes, lentement accumulées au fil d'années de labeur. Oui... je m'aperçus que c'était la lenteur de leur transformation qui les rendait aussi horribles.

« Ils étaient suspendus dans les ténèbres, leurs paupières gonflées tombaient sur les petits globes larmoyants qui roulaient dans leurs orbites et le bourrelet de chair projetait une ombre terreuse. Tandis que leur regard suivait mes mouvements, je ressentis soudain leur complicité tacite, une compréhension profondément enfouie entre nous, qui était pire encore que le premier choc de leur étrangeté. Non que je les comprisse, mais ils me faisaient indiscutablement sentir qu'un jour j'y parviendrais... Oui, c'était là le plus affreux, sans conteste, et ce sentiment se renforçait chaque fois qu'ils revenaient...

« Car ils prirent l'habitude détestable de revenir. Ils me faisaient penser à des vampires aimant la chair fraîche, tant ils paraissaient se délecter au goût d'une bonne conscience. Chaque nuit, pendant un mois, ils vinrent réclamer un morceau de la mienne : depuis que j'avais fait le bonheur de Gilbert, leurs crocs ne me lâchaient plus. Cette coïncidence, aussi fortuite qu'elle me semblât, me fit presque haïr le pauvre garçon. Je m'efforçais de comprendre, mais ne trouvais pas la moindre explication, hormis la parenté de Gilbert avec Alice Nowell. Mais alors les yeux m'avaient laissé en paix dès que je l'avais abandonnée ; donc, ils ne pouvaient être les émissaires d'une femme bafouée, même s'il était facile d'imaginer la pauvre Alice chargeant de tels esprits de la venger. Cela me fit réfléchir et je commençai à me demander s'ils me laisseraient tranquille si j'abandonnais Gilbert. Je dus résister à cette tentation insidieuse car, vraiment, ce cher garçon était trop charmant pour être sacrifié à de tels démons. Et finalement, je ne découvris jamais ce qu'ils voulaient... »

III

Le feu se désagrégea en projetant une étincelle qui éclaira le visage bosselé du narrateur sous la crinière poivre et sel. Enfoncé dans le creux du dossier, il se détacha un instant comme une intaille de pierre jaunâtre veinée de rouge avec des pointes d'émail pour les yeux ; puis l'éclat disparut, le visage s'assombrit et s'estompa à la manière d'un Rembrandt.

Phil Frenham était assis sur une chaise basse, de l'autre côté de l'âtre, un long bras posé sur la table derrière lui, une main soutenant sa tête rejetée en arrière et les yeux fixés sur le visage de son vieil ami. Il n'avait pas bougé depuis le début de l'histoire. Il resta silencieux et immobile lorsque Culwin se tut et c'est moi qui, vaguement déçu par la chute brutale de l'histoire, finis par demander: « Pendant combien de temps avez-vous continué à les voir ? »

Profondément enfoncé dans son fauteuil, au point qu'il ressemblait à un tas de vêtements vides, Culwin remua légèrement, comme si ma question le surprenait. Il semblait avoir à moitié oublié ce qu'il nous avait raconté.

« Combien de temps ? Oh, tout l'hiver, par intermittence. C'était infernal. Je ne m'y suis jamais habitué. Ils m'ont rendu vraiment malade. »

En changeant de position, Frenham heurta du coude un petit miroir dans un cadre de bronze posé sur la table derrière lui. Il se retourna et le déplaça légèrement, puis il reprit sa pose initiale, rejeta sa tête brune en arrière et l'appuya sur sa paume levée, les yeux fixés sur le visage de Culwin. Quelque chose dans son regard silencieux m'embarrassait et, comme pour en détourner l'attention, je posai une nouvelle question :

« N'avez-vous jamais essayé de sacrifier Noyes ?

– Oh, non. En fait, je n'en ai pas eu besoin. Il l'a fait pour moi, le pauvre !

– Il l'a fait pour vous ? Comment cela ?

– Il m'a fatigué... il a fatigué tout le monde. Il a continué à déverser ses lamentables âneries et à les colporter partout, jusqu'à devenir un objet de terreur. Je tentai de le dissuader d'écrire – oh, avec beaucoup de délicatesse, soyez-en sûrs – en lui faisant rencontrer des gens agréables, en lui donnant une chance de se faire remarquer, de s'apercevoir de ce qu'il pouvait *réellement* donner. J'avais envisagé cette solution depuis le départ, certain qu'une fois la première soif de création étanchée, il trouverait sa place, comme un charmant parasite du genre de ces chérubins chroniques qui, chez les gens d'un certain âge, trouvent toujours une place à table et un abri derrière les jupes des dames. Je le voyais dans le rôle du "poète" : du poète qui n'écrit pas. On connaît ce personnage dans tous les salons. Vivre ainsi ne coûte pas cher... j'avais tout arrangé dans ma tête, certain qu'avec un petit coup de pouce, il pourrait s'en sortir ainsi pendant les quelques années à venir, au cours desquelles il était sûr de se marier. Je le voyais épouser une veuve plus âgée que lui, ayant une bonne cuisinière et une maison bien tenue. J'avais même une veuve en vue... En attendant, je faisais tout mon possible pour faciliter la transition : je lui prêtais de l'argent pour soulager sa conscience, lui présentais de jolies femmes pour lui faire oublier ses vœux. Mais rien n'y faisait : une seule idée occupait sa jolie tête obstinée. Il voulait les lauriers et non la rose, ne cessait de répéter la maxime de Gautier, de maltraiter et de retoucher sa prose informe, qui s'étala bientôt sur Dieu sait combien de centaines de pages. De temps à autre, il en envoyait toute une liasse à un éditeur qui la lui retournait immanquablement.

« Tout d'abord cela n'eut pas d'importance : il se croyait "incompris". Il adopta les attitudes d'un génie et, chaque fois qu'un ouvrage revenait, il en écrivait un autre pour lui tenir compagnie. Puis il eut une réaction de désespoir et m'accusa de le tromper et Dieu sait quoi encore. Cela me mit en colère et je lui dis qu'il s'était trompé lui-même. Il était venu me voir avec la ferme intention d'écrire et j'avait fait de mon mieux pour l'aider. C'étaient là tous mes torts et je l'avais fait pour sa cousine et non pour lui.

« Cela sembla faire mouche et il resta muet quelques instants. Puis il dit "J'ai épuisé mon temps et mon d'argent. A votre avis, que dois-je faire

«– A mon avis, vous feriez mieux de ne pas faire l'idiot", répondis-je.

« – Que voulez-vous dire par faire l'idiot ?"

« Je pris une lettre sur mon bureau et la lui tendis.

« "Je veux dire ne pas refuser la proposition de

Mrs Ellinger qui vous offre un salaire de cinq mille dollars pour devenir son secrétaire. C'est peut-être plus intéressant qu'il n'y paraît."

« Il tendit le bras avec une telle violence qu'il m'arracha la lettre des mains. "Oh, je sais bien ce qui ça signifie ! dit-il, rouge jusqu'à la racine des cheveux.

« – Et dans ce cas, quelle est votre réponse ? lui demandai-je.

« Il resta muet et se tourna lentement vers la porte. Là, une main sur le chambranle, il s'arrêta et dit dans un souffle : "Ainsi, vous pensez réellement que mon travail ne vaut rien"

« J'étais fatigué et exaspéré. Je me mis à rire. Je n'essaie pas de justifier ce rire ; il était de mauvais goût. Mais je dois dire à ma décharge que ce garçon était stupide et que j'avais fait tout ce qui était en mon pouvoir pour lui, vraiment.

« Il sortit de la pièce en fermant doucement la porte derrière lui. L'après-midi, je partis pour Frascati : j'avais promis à des amis d'y passer le dimanche. J'étais content de fuir Gilbert et j'appris pendant la nuit que j'avais en même temps échappé aux yeux. Je sombrai dans le même sommeil léthargique que la première fois où j'avais cessé de les voir ; le lendemain matin, en me réveillant dans la pièce tranquille dominant les chênes verts, je ressentis l'immense fatigue et le profond soulagement qui suivaient toujours ce sommeil. Je passai deux nuits bienheureuses à Frascati et, lorsque je regagnai mes appartements romains, je découvris que Gilbert était parti... Oh, il ne s'était rien passé de tragique : l'aventure n'alla jamais jusque-là. Il avait simplement pris ses manuscrits et s'était embarqué pour l'Amérique, vers sa famille et le bureau de Wall Street. Il m'avait laissé un mot assez correct pour m'informer de sa décision et il se comporta, en cette circonstance, avec aussi peu de stupidité qu'un idiot peut le faire... »

IV

Culwin s'arrêta de nouveau et Frenham resta sans bouger, le contour sombre de sa tête se reflétant dans le miroir derrière lui.

« Qu'advint-il de Noyes par la suite ? » demandai-je enfin, encore troublé par un sentiment d'inachèvement et par le besoin d'établir des liens entre les lignes parallèles de l'histoire.

Culwin haussa les épaules. « Oh, il n'advint rien... car il ne devint rien. Il ne pouvait être question de "devenir". Il végéta dans un bureau, je crois, finit par obtenir un emploi dans un consulat et fit un mariage ennuyeux en Chine. Je le vis un jour à Hong Kong, des années plus tard. Il avait grossi et n'était pas rasé. On me dit qu'il buvait. Il ne me reconnut pas. »

« Et les yeux ? » demandai-je après une nouvelle pause que le silence insistant de Frenham rendait oppressante.

Pensif, Culwin se carressa le menton en me regardant d'un air méditatif dans l'ombre. « Je ne les revis jamais après mon dernier échange avec Gilbert. Essayez de trouver le rapport si vous le pouvez. Pour ma part, je n'ai jamais découvert le lien. »

Il se leva, les mains dans les poches, et se dirigea avec raideur vers la table où étaient disposés les remontants.

« Vous devez mourir de soif après cette histoire aride. Servez-vous donc, cher ami. Tenez, Phil... » Il retourna près de la cheminée.

Frenham ne répondit pas aux injonctions hospitalières de son hôte. Il restait assis sans bouger sur sa chaise basse. Culwin s'avança vers lui, ils échangèrent un long regard ; après quoi, le jeune homme se tourna soudain, étendit brusquement les bras sur la table derrière lui et y enfouit son visage.

Devant ce geste imprévu, Culwin s'arrêta net, le visage empourpré.

« Phil... Que diantre se passe-t-il ? Allons ! Les yeux *vous* ont-ils fait peur ? Mon cher garçon, mon cher ami, on n'a jamais rendu un tel hommage à mes talents littéraires, jamais ! »

A cette pensée, il partit d'un petit rire et s'arrêta sur le tapis devant le foyer, les mains toujours dans les poches, le regard baissé sur la tête courbée du jeune homme. Puis, comme Frenham ne répondait toujours pas, il avança de quelques pas.

« Remettez-vous, mon cher Phil ! Il y a des années que je ne les ai pas vus. Apparemment, je n'ai rien fait d'assez mauvais ces derniers temps pour les faire sortir du néant. A moins que de les évoquer ne vous les ait fait voir, à vous, ce qui serait encore leur pire victoire ! »

Sa tentative de plaisanterie s'évanouit en un rire gêné. Il s'approcha encore, se pencha sur Frenham et posa ses mains goutteuses sur les épaules du jeune homme.

« Phil, mon cher, voyons... que se passe-t-il ? Pourquoi ne répondez-vous pas ? *Avez*-vous vu les yeux ? »

Le visage de Frenham était toujours caché et je vis Culwin, derrière qui je me tenais, s'écarter lentement de son ami, comme s'il était repoussé par cette attitude inexplicable. Alors, la lumière de la lampe posée sur la table éclaira en plein son visage congestionné et j'aperçus son reflet dans le miroir placé derrière la tête de Frenham.

Culwin vit aussi le reflet. Il s'arrêta, le visage au niveau du miroir, comme s'il avait peine à reconnaître comme sienne l'expression qui s'y peignait. A mesure qu'il la regardait, celle-ci se transformait et, pendant un long moment, lui et son image dans la glace s'affrontèrent avec une haine qui s'installait lentement. Enfin, Culwin lâcha les épaules de Frenham et recula d'un pas...

Frenham, le visage toujours dissimulé, ne bougea pas.

Plus tard

Oh, il y en a un, bien sûr, mais vous ne vous en apercevrez pas. » Cette affirmation, jetée en riant six mois plus tôt, dans un jardin baigné par le soleil de juin, revint à l'esprit de Mary Boyne parée d'un sens nouveau, tandis qu'elle attendait, debout dans le crépuscule de décembre, qu'on apportât les lampes dans la bibliothèque.

Ces mots avaient été prononcés par son amie Alida Stair, tandis qu'elles prenaient le thé, assises sur la pelouse de celle-ci à Pangbourne. Elles parlaient de la maison dont la bibliothèque en question était la « caractéristique » essentielle. A leur arrivée en Angleterre, Mary Boyne et son mari, qui cherchaient une maison de campagne dans un comté du sud ou du sud-ouest, avaient tout de suite soumis leur problème à Alida Stair, car celle-ci l'avait résolu pour elle-même avec succès. Après qu'ils eurent rejeté, presque par caprice, plusieurs suggestions pratiques et judicieuses, elle avait finit par lancer : « Il reste Lyng, dans le Dorset. La propriété appartient aux cousins de Hugo et vous pouvez l'avoir pour une bouchée de pain. »

Les raisons qu'elle avait données pour justifier son prix peu élevé – l'éloignement de la gare, l'absence de lumière électrique, d'eau chaude et d'autres installations vulgaires – plaidaient précisément en sa faveur pour deux Américains romantiques en quête perverse des inconvénients économiques liés, selon eux, aux joies d'une architecture inhabituelle.

« Je n'arriverai jamais à croire que je vis dans une vieille maison si je ne manque pas totalement de confort », avait insisté d'un ton enjoué Ned Boyne, le plus extravagant des deux. « J'aurais l'impression que le moindre aménagement a été acheté à une exposition et ses pièces numérotées pour le remonter. » Puis ils s'étaient mis à énumérer avec une précision pleine d'humour leurs exigences et leurs doutes divers, refusant de croire que la maison recommandée par leur cousine datait *réellement* de l'époque Tudor jusqu'à ce qu'ils eussent appris qu'elle ne possédait pas de chauffage, et doutant que l'église du village se trouvât littéralement sur ses terres jusqu'à ce qu'Alida les eût informés de l'état déplorable et précaire de l'approvisionnement en eau.

« C'est trop inconfortable pour être vrai ! » avait continué d'exulter Edward Boyne chaque fois que l'aveu d'un nouvel inconvénient lui était extorqué. Il avait pourtant interrompu brusquement son éloge pour demander, avec un regain de méfiance : « Et le fantôme ? Vous nous avez caché qu'il n'y pas de fantôme ! »

Mary avait alors ri avec lui, mais, presque simultanément, grâce à un ensemble de perceptions qui lui était propre, elle avait été frappée par un certain manque d'enthousiasme dans l'hilarité d'Alida.

« Oh, le Dorset est rempli de fantômes, vous savez.

Oui, oui, mais ça ne suffit pas. Je ne veux pas faire dix miles pour aller voir le fantôme de quelqu'un d'autre. Je veux le mien, sur place. Y a-t-il un fantôme à Lyng ? »

A ces mots, Alida avait ri une fois de plus, et c'est alors qu'elle avait répondu d'un air provocateur : « Oh, il y en a un, bien sûr, mais vous ne vous en apercevrez pas.

– Je ne m'en apercevrai pas ? avait dit Boyne en l'interrompant. A quoi peut bien servir un fantôme, si on ne le reconnaît pas comme tel ?

– Je ne sais pas. Mais c'est comme ça.

– Il y en a un, mais personne ne sait que c'est un fantôme ?

– Eh bien... on ne s'en aperçoit que plus tard, de toute manière.

– Plus tard ?

– Bien plus tard seulement.

– S'il a un jour été identifié comme un visiteur surnaturel, pourquoi son *signalement* n'a-t-il pas été communiqué à la famille ? Comment a-t-il réussi à conserver son incognito ? »

Alida n'avait pu que hocher la tête. « Ne m'en demandez pas plus. C'est ainsi.

– Et tout d'un coup... La voix de Mary avait semblé sortir des profondeurs divinatoires... « Tout d'un coup, bien plus tard, on se dit *"C'était donc cela"* ? »

Elle avait été alarmée par la note sépulcrale avec laquelle sa question s'était abattue sur le badinage des deux autres et elle avait vu l'ombre de la même surprise passer dans les yeux d'Alida. « J'imagine. Il suffit d'attendre.

– Au diable l'attente ! avait dit Ned en l'interrompant. La vie est trop courte pour n'apprécier un fantôme qu'après coup. Mary, ne pouvons-nous pas faire mieux ? »

Il s'avéra que, dans ce cas, le sort ne le voulut pas et, trois mois après leur conversation avec Mrs Stair, ils étaient installés à Lyng. La vie à laquelle ils avaient aspiré, au point de la préparer à l'avance dans tous ses détails quotidiens, avait réellement commencé.

Cela signifiait s'asseoir dans l'épais crépuscule de décembre, près d'une cheminée surmontée d'une large hotte, sous des chevrons de chêne noir, avec le sentiment qu'au-delà des fenêtres à meneaux, une solitude encore plus profonde assombrissait les collines. C'était pour la satisfaction ultime de telles sensations que Mary Boyne, exilée brusquement de New York par les affaires de son mari, avait supporté près de quatorze ans la laideur déprimante d'une ville du Middle West, et que Boyne avait boulonné sans relâche comme ingénieur jusqu'à ce que, avec une soudaineté qui la surprenait encore, la prodigieuse aubaine de la Blue Star Mine les mît d'un seul coup en possession de la vie, et des loisirs pour l'apprécier. Ils n'avaient pas imaginé un seul instant de vivre leur nouvelle condition dans l'oisiveté, mais ils avaient l'intention de ne s'adonner qu'à des activités harmonieuses. Elle se voyait peindre et jardiner (sur un arrière-plan de murs gris), il rêvait d'écrire le livre qu'il avait en tête depuis longtemps sur les « Fondements économiques de la culture » .Avec des travaux aussi absorbants en perspective, jamais la vie ne serait assez retirée : ils ne pouvaient pas s'éloigner suffisamment du monde ni plonger assez profondément dans le passé.

Le Dorset les avait tout d'abord attirés par l'impression qu'il donnait d'être loin de tout, tout à fait exagérée par rapport à sa situation géographique. Pour les Boyne, l'une des merveilles toujours renouvelées de cette île incroyablement ramassée – un nid de comtés, disaient-ils – était qu'une si petite quantité d'un élément donné produisît des effets d'une telle ampleur : quelques miles représentaient déjà une distance et celle-ci, si courte qu'elle fût, entraînait une différence.

« C'est cela qui donne tant de profondeur à leurs effets, tant de relief à leurs contrastes. Chaque endroit réunit tous les ingrédients nécessaires pour en faire un régal », avait un jour expliqué Ned avec enthousiasme.

Les meilleurs ingrédients étaient certes réunis à Lyng : la vieille maison, cachée derrière le contrefort d'une colline, possédait presque toutes les plus belles marques d'un long commerce avec le passé. Le simple fait qu'elle ne fût ni grande ni remarquable lui conférait un charme particulier aux yeux des Boyne : le charme d'avoir constitué, au fil des siècles, un réservoir de vie profond et sombre. La vie n'y avait sans doute pas été des plus animées : durant de longues périodes, à n'en pas douter, elle s'était enfoncée dans le passé aussi silencieusement que la bruine d'automne, heure après heure, dans l'étang au milieu des ifs. Pourtant, les eaux stagnantes de l'existence nourrissent parfois, dans leurs profondeurs apathiques, des émotions d'une étrange acuité, et Mary Boyne avait tout de suite perçu la mystérieuse agitation de souvenirs plus intenses.

Cette impression n'avait jamais été aussi forte que cet après-midi où, attendant dans la bibliothèque qu'on apportât les lampes, elle s'était levée de son siège et se tenait debout dans l'ombre de la cheminée. Son mari était parti faire une longue promenade dans les collines après le déjeuner. Elle avait récemment remarqué qu'il préférait sortir seul. Comme leur bonne entente ne faisait pas de doute, elle en avait conclu que son livre lui donnait des soucis et qu'il avait besoin de ses après-midi pour ressasser dans la solitude les problèmes posés par son travail du matin. Son livre n'avançait sans doute pas aussi facilement qu'elle l'avait escompté et, entre ses yeux, étaient apparues des rides de perplexité qu'elle n'avait jamais vues du temps où il était ingénieur. Il avait alors souvent semblé épuisé et sur le point de tomber malade, mais le démon des soucis n'avait jamais marqué son front. Cependant, les quelques pages qu'il lui avait lues – l'introduction et un résumé du premier chapitre – montraient qu'il possédait bien son sujet et qu'il avait de plus en plus confiance en ses possibilités.

Cela la rendit encore plus perplexe, d'autant que, maintenant qu'il en avait terminé avec les affaires et tous les imprévus gênants qu'elles entraînaient, la seule autre source possible d'anxiété avait disparu. Et si c'était sa santé ? Mais physiquement, il se portait mieux depuis qu'ils s'étaient installés dans le Dorset : il était devenu plus robuste, son teint était plus coloré, son regard plus vif. C'était seulement au cours de la semaine précédente qu'elle avait senti en lui un changement indéfinissable qui l'inquiétait en son absence et la rendait aussi muette en sa présence que si c'était *elle* qui lui taisait un secret !

A l'idée qu'il pût y *avoir* un secret entre eux, un frisson d'étonnement la parcourut et elle regarda autour d'elle dans la longue pièce.

« Est-ce la maison ? » se demanda-t-elle.

La pièce elle-même pouvait être pleine de secrets. Elle avait l'impression qu'ils s'accumulaient au fur et à mesure que la nuit tombait, comme les couches d'ombre veloutée tombant du plafond bas, les rangées de livres, la sculpture de la cheminée estompée par la fumée.

« Ah, bien sûr... la maison est hantée ! » pensa-t-elle.

Le fantôme – le fantôme imperceptible d'Alida –, après avoir tenu une place importante dans leurs plaisanteries au cours de leurs deux premiers mois à Lyng, avait été laissé de côté petit à petit, trop inefficace qu'il était pour servir de support à l'imagination. Mary, comme il sied au locataire d'une maison hantée, avait fait l'enquête d'usage auprès de ses voisins paysans, mais, hormis un vague : « C'est ce qu'on dit, madame », les villageois n'avaient rien à ajouter. Le spectre insaisissable n'avait apparemment jamais eu suffisamment de personnalité pour qu'une légende se cristallisât autour de lui. Au bout d'un certain temps, les Boyne avaient inscrit le sujet au compte des pertes et profits et étaient convenus que Lyng était l'une des rares maisons assez intéressantes en elles-mêmes pour se dispenser d'atouts surnaturels.

« Je suppose que c'est pourquoi le pauvre démon impuissant agite en vain ses ailes splendides dans le vide », avait conclu Mary en riant.

« Ou plutôt, c'est pourquoi, dans une telle atmosphère fantomatique, il lui est impossible d'apparaître comme *le* fantôme », avait répondu Ned dans la même veine. Là-dessus, leur compagnon invisible avait cessé de faire partie de leurs sujets de conversation, suffisamment nombreux pour leur faire oublier bien vite son absence.

Tandis qu'elle se tenait devant la cheminée, l'objet de leur curiosité passée lui revint à l'esprit, paré d'un sens nouveau – un sens acquis peu à peu en vivant quotidiennement dans ce lieu empreint d'un mystère diffus. C'était la maison elle-même, bien sûr, qui possédait la faculté de voir le fantôme, qui communiquait visuellement, mais en secret, avec son propre passé. Si seulement on parvenait à communier intimement avec la maison, on surprendrait peut-être son secret et on aurait la possibilité de voir soi-même le fantôme. Au cours des longues heures qu'il passait dans cette pièce où elle n'entrait jamais avant l'après-midi, son mari l'*avait* peut-être déjà vu, et portait en silence le fardeau de ce qui lui avait été révélé. Mary était trop versée dans les usages du monde des esprits pour ne pas savoir qu'il est impossible de parler des fantômes qu'on voit : le faire serait une faute de goût aussi grave que de prononcer le nom d'une dame dans un club. Cette explication ne la satisfaisait toutefois pas pleinement. « Après tout, hormis le plaisir du frisson qu'ils procurent, en quoi leurs vieux fantômes l'intéressaient-ils ? » Cette réflexion la replongea dans son ancien dilemme : la plus ou moins grande réceptivité aux influences spectrales n'avait pas de conséquence particulière dans ce cas puisque, lorsqu'on voyait un fantôme à Lyng, on ne le savait pas.

« Bien plus tard seulement », avait dit Alida Stair. Bon, et si Ned en *avait* vu un au début de leur séjour et avait compris la semaine dernière seulement ce qui lui était arrivé ? De plus en plus sous l'emprise du moment, elle revint en pensée aux premiers jours de leur installation. Tout d'abord, elle ne se rappela que l'animation et la confusion qui régnaient pendant qu'ils déballaient leurs affaires, s'installaient, rangeaient les livres et s'appelaient depuis les recoins de la maison qui leur révélait ses trésors, un à un. Cette association d'idées lui remit tout à coup en mémoire un doux après-midi d'octobre. Ayant abandonné l'agitation frénétique de l'exploration des débuts pour une inspection détaillée de la vieille maison, elle avait poussé un panneau (comme une héroïne de roman) qui s'ouvrait sur un escalier en colimaçon menant à une corniche sur le toit – toit dont la pente, vue d'en bas, semblait de tous côtés si abrupte que seul un pied entraîné pouvait prétendre l'escalader.

De ce recoin caché, la vue était enchanteresse et elle était descendue en courant arracher Ned à ses papiers pour lui faire partager l'étendue de sa découverte. Elle se rappelait encore que, debout à ses côtes, il avait passé le bras autour de sa taille, tandis que leur regard se perdait à l'horizon sur la ligne ondulante des collines, puis redescendait pour suivre avec ravissement l'arabesque des haies d'ifs au bord de l'étang et l'ombre du cèdre sur la pelouse.

« Et maintenant, de l'autre côté », avait-il dit en la faisant tourner dans le creux de son bras. Pressée contre lui, elle s'était abreuvée, avec le même plaisir que si elle étanchait sa soif, du tableau formé par la cour entourée de murs gris, les lions accroupis surmontant les grilles et l'allée de tilleuls qui menait à la grand-route sous les collines.

Tandis que, enlacés, ils contemplaient le paysage, elle avait senti son bras desserrer son étreinte et avait entendu un soudain « Tiens ! » qui l'avait fait se retourner et le regarder.

Oui, maintenant elle se souvenait clairement avoir vu une ombre d'anxiété, ou plutôt de perplexité, assombrir son visage. En suivant son regard, elle avait aperçu la silhouette d'un homme – un homme en vêtements gris et amples, lui semblait-il – qui descendait d'un pas hésitant l'allée de tilleuls vers la cour, avec la démarche indécise d'un inconnu qui cherche son chemin. Ses yeux de myope ne lui avaient permis d'entrevoir qu'une forme confuse, mince et grisâtre, avec quelque chose d'étranger, du moins à la région, dans la silhouette ou la coupe des vêtements. Apparemment, son mari avait mieux vu – il en avait vu suffisamment pour la bousculer en lui lançant à la hâte « Attends ! » et dévaler les escaliers sans s'arrêter pour l'aider.

A cause d'une légère tendance au vertige, et après s'être agrippée à la cheminée providentielle contre laquelle ils s'étaient tenus, elle avait été obligée de le suivre avec plus de précaution. Lorsqu'elle avait atteint le palier, elle s'était de nouveau arrêtée, cette fois sans raison apparente, s'était penchée sur la rampe et avait scruté les profondeurs sombres et silencieuses, parsemées de taches de soleil. Elle s'était attardée à cet endroit jusqu'à ce que, quelque part, elle ait entendu une porte se fermer. Alors, mécaniquement, elle avait descendu la volée de petites marches jusqu'au vestibule.

La porte d'entrée était ouverte sur la cour ensoleillée et vide, vide comme le vestibule. La porte de la bibliothèque était ouverte, elle aussi, et, après avoir guetté en vain un bruit de voix à l'intérieur, elle avait franchi le seuil et trouvé son mari seul, feuilletant distraitement des papiers sur son bureau.

Il avait levé les yeux, comme s'il était surpris de la voir, mais l'ombre d'anxiété avait quitté son visage en le laissant même, avait-elle pensé, un peu plus gai et plus clair que d'habitude.

« Qui était-ce ? Qui était-ce ? avait-elle demandé.

– Qui ? avait-il répété, encore surpris.

– L'homme que nous avons vu se diriger vers la maison. »

Il avait semblé réfléchir. « L'homme ? Eh bien, j'ai cru voir Peters. J'ai couru à sa rencontre pour lui dire un mot des écoulements de l'écurie, mais il avait disparu avant que j'arrive en bas.

– Disparu ? Pourtant, quand nous l'avons vu, il avait l'air de marcher très lentement. »

Boyne avait haussé les épaules. « C'est ce que j'ai pensé aussi, mais il a dû presser le pas entre-temps. Et si nous tentions d'escalader Meldon Steep avant le coucher du soleil ? »

C'était tout. A l'époque, l'anecdote n'avait eu aucune importance. En fait, elle avait été immédiatement effacée par la magie du paysage qu'ils avaient découvert pour la première fois de Meldon Steep. Ils avaient rêvé de grimper sur cette colline dès qu'ils avaient vu sa crête dénudée au-dessus du toit de Lyng. C'était sans aucun doute parce que l'incident s'était produit le jour de leur ascension à Meldon, qu'elle avait conservé son souvenir dans un coin de sa mémoire d'où il ressortait maintenant. En lui-même, il n'avait rien d'un mauvais présage. Sur l'instant, il avait semblé tout naturel que Ned descendît précipitamment du toit pour poursuivre un artisan qui faisait traîner les choses. C'était l'époque où ils guettaient sans cesse la venue d'un des spécialistes employés dans la maison. Ils les attendaient et se précipitaient à leur rencontre avec des questions, des reproches et des rappels. Vue de loin, la silhouette grise ressemblait vraiment à celle de Peters.

Pourtant, en revoyant la scène, elle se rendait compte que l'explication de son mari avait été démentie par l'expression d'anxiété sur son visage. Pourquoi l'apparition familière de Peters l'avait-elle inquiété ? Pourquoi, surtout, s'il était tellement important de lui parler des canalisations de l'écurie, le fait de l'avoir manqué lui avait-il procuré un tel soulagement ? Mary savait bien qu'aucune de ces questions ne l'avait effleurée sur le moment, mais, à la vitesse à laquelle elles se présentaient maintenant à son esprit, elle sentait qu'elles avaient toujours dû être là, attendant leur heure.

II

Lassée de ses pensées, elle alla à la fenêtre. La bibliothèque était maintenant dans l'obscurité et elle fut surprise de constater le peu de lumière qui subsistait au dehors.

Tandis qu'elle regardait la cour en essayant de percer les ténèbres, une silhouette se détacha au bout de l'allée de tilleuls, simple tache d'un gris plus sombre dans la grisaille. L'espace d'un instant, en la voyant s'approcher, son cœur fit un bond : « Le fantôme ! »

Cet instant fut assez long pour qu'elle ait le temps de se rendre compte, soudain, que l'homme qu'elle avait aperçu du toit deux mois plus tôt était sur le point, en ce moment prédestiné, de dévoiler qu'il n'était *pas* Peters. Son courage l'abandonna devant la peur imminente de la révélation. Une seconde s'était à peine écoulée que la silhouette, gagnant en substance et en identité, se précisa et, malgré sa mauvaise vue, elle reconnut son mari. Tandis qu'il entrait, elle se retourna pour l'accueillir en confessant sa folie.

« C'est vraiment absurde, mais je ne m'en souviens jamais ! dit-elle en riant.

– Tu ne te souviens pas de quoi ? demanda Boyne en s'approchant.

– Que lorsqu'on voit le fantôme de Lyng, on ne s'en aperçoit pas. »

Elle posa la main sur la veste de son mari, qui l'y maintint, sans que la moindre réaction ne se reflétât dans son geste ou sur les traits de son visage préoccupé.

« Croyais-tu l'avoir vu ? demanda-t-il au bout d'un certain temps.

– Eh bien, en réalité, c'est *toi* que j'ai pris pour lui, mon chéri, tellement j'étais résolue à l'apercevoir !

– Moi... Là, tout de suite ? » Il laissa tomber son bras et se détourna avec un petit rire, pâle écho du sien. « Vraiment, chérie, tu ferais mieux d'y renoncer, si c'est tout ce que tu trouves.

– Oh oui, j'y renonce. Et *toi*, tu l'as fait ? » demanda-t-elle en se tournant brusquement vers lui.

La femme de chambre entra avec le courrier et la lampe. La lumière inonda le visage de Boyne, penché sur le plateau qu'elle lui présentait.

« Et *toi* ? » demanda Mary en insistant avec entêtement lorsque la domestique eut disparu pour allumer les autres lampes de la maison.

« Et moi quoi ? » répliqua-t-il, l'esprit ailleurs. La lumière soulignait la lourde marque de préoccupation entre ses sourcils, tandis qu'il feuilletait le courrier.

« As-tu renoncé à voir le fantôme ? » L'expérience qu'elle menait faisait battre son cœur un peu plus vite.

Son mari repoussa le courrier et alla se placer dans l'ombre de la cheminée.

« Je n'ai jamais essayé », dit-il, en déchirant la bande d'un journal.

« Oui, bien sûr, le plus exaspérant c'est qu'il ne sert à rien d'essayer, puisqu'on ne peut le savoir que bien plus tard », dit Mary en insistant encore.

Il dépliait son journal comme s'il l'avait à peine entendue. Pourtant, après un silence durant lequel les feuilles bruirent par à-coups entre ses mains, il leva la tête et demanda : « As-tu la moindre idée du *temps* qu'il faut ? »

Mary s'était enfoncée dans un fauteuil bas, près de la cheminée. De son siège, elle regarda, étonnée, le profil de son mari qui se détachait dans le cercle de lumière de la lampe.

« Non, aucune. Et *toi* ? » rétorqua-t-elle en répétant sa phrase précédente avec une détermination croissante.

Boyne froissa le journal dans ses mains et, sans aucune logique, se tourna vers la lampe pour le lire.

« Seigneur, non ! Je me demandais seulement s'il existait une légende ou une tradition à ce sujet », s'exclama-t-il avec une nuance d'impatience.

« Pas que je sache », répondit-elle. Elle aurait voulu

ajouter : « Pourquoi poses-tu la question ? », mais la réapparition de la femme de chambre, qui apportait le thé et une seconde lampe, l'en empêcha.

Avec la dispersion des ténèbres et la reprise des tâches quotidiennes, Mary Boyne se sentit moins oppressée par l'impression que quelque chose d'imminent se préparait en silence, impression qui avait assombri son après-midi. Elle se concentra quelques instants sur les détails de son ouvrage et, lorsqu'elle leva les yeux, elle fut abasourdie par le changement peint sur le visage de son mari. Il s'était assis près de la lampe la plus éloignée, absorbé dans la lecture de son courrier. Etait-ce ce qu'il y avait trouvé ou simplement le fait qu'elle le voyait sous un autre angle ? Ses traits avaient retrouvé leur aspect habituel. Plus elle le regardait, plus la transformation semblait évidente. Les lignes de tension avaient disparu et il était facile d'attribuer les traces de fatigue qui subsistaient à un effort intellectuel soutenu. Il leva la tête, comme s'il était attiré par ses yeux, et sourit en croisant son regard.

« J'ai très envie d'une tasse de thé, tu sais. Voilà une lettre pour toi », dit-il.

Elle saisit la lettre qu'il lui tendait et lui donna une tasse de thé en échange. Elle retourna s'asseoir et brisa le cachet avec le geste indifférent du lecteur dont le centre d'intérêt ne dépasse pas le cercle qu'il forme avec un être cher.

Son mouvement suivant fut de bondir de sa chaise. En se levant, elle fit tomber la lettre et brandit une coupure de journal en direction de son mari.

« Ned ! Qu'est-ce que c'est ? Qu'est-ce que ça veut dire ? »

Il s'était levé au même instant, presque comme s'il avait entendu son cri avant qu'elle ne l'ait poussé. Ils s'étudièrent un certain temps de part et d'autre de l'espace délimité par la chaise et le bureau, comme des adversaires à la recherche d'un avantage.

« Mais quoi donc ? Tu m'as fait sursauter ! » dit enfin Boyne en se dirigeant vers elle avec un rire soudain, un peu exaspéré. Une ombre d'appréhension se lisait de nouveau sur son visage. Il ne s'agissait plus d'une sorte de pressentiment, mais d'une vigilance qui passait de ses lèvres à ses yeux et qui donnait à Mary l'impression qu'il se sentait lui-même cerné par une présence invisible.

Sa main tremblait tant qu'elle put à peine lui donner la coupure de journal.

« Cet article... dans la *Waukesha Sentinel*... il dit qu'un homme nommé Elwell a porté plainte contre toi... que quelque chose ne va pas au sujet de la Blue Star Mine. J'en comprends à peine la moitié. »

Ils continuaient à se dévisager pendant qu'elle parlait et, à son grand étonnement, elle s'aperçut que ses mots dissipaient presque instantanément la vigilance tendue de son regard.

« Oh, c'est *cela* ! » Il jeta un coup d'œil à l'article et le plia du geste de celui qui manie un objet inoffensif et familier. « Qu'est-ce qui ne va pas aujourd'hui, Mary ? J'ai cru que tu avais reçu de mauvaises nouvelles. »

Elle était debout en face de lui et sa terreur indéfinissable cédait lentement devant le ton rassurant de sa voix.

« Alors, tu étais au courant... tout va bien ?

– Bien sûr que j'étais au courant, et tout va bien.

– Mais de *quoi* s'agit-il ? Je ne comprends pas. De quoi cet homme t'accuse-t-il ?

– De presque tous les crimes de la planète. » Boyne avait repoussé la coupure de journal et s'était enfoncé dans le fauteuil près du feu. « Veux-tu que je te raconte l'histoire ? Çela n'a pas grand intérêt... juste une querelle au sujet des intérêts de la Blue Star.

– Qui est cet Elwell ? Je n'en ai jamais entendu parler.

– Oh, c'est un type que j'ai mis dans l'affaire... je lui ai donné un coup de main. Je t'en ai parlé à l'époque.

– Je dois reconnaître que j'ai oublié. (Vainement, elle fit un effort de mémoire). Si tu l'as aidé, pourquoi ce revirement ?

– Un avocat véreux a probablement mis la main sur lui et lui a raconté des histoires. C'est plutôt technique et assez compliqué. Je pensais que ce genre de choses t'ennuyait. »

Sa femme ressentit une pointe de remords. En théorie, elle désapprouvait l'indifférence de la femme américaine à l'égard des intérêts professionnels de son époux, mais en pratique, elle avait toujours trouvé difficile de prêter attention aux récits que Boyne lui faisait des transactions dans lesquelles l'entraînaient ses divers intérêts. En outre, durant leurs années d'exil, elle avait eu le sentiment que, dans une société où les plaisirs de la vie ne pouvaient être obtenus qu'au prix d'efforts aussi soutenus que les activités professionnelles de son mari, les rares loisirs auxquels tous deux pouvaient prétendre devaient servir à fuir les préoccupations immédiates, sorte d'escapade vers la vie dont ils avaient toujours rêvé. Une ou deux fois, maintenant que leur nouvelle vie avait réellement tracé son cercle magique autour d'eux, elle s'était demandée si elle avait eu raison. Jusqu'ici, ces conjectures n'avaient été rien de plus que les retours sur le passé d'une imagination fertile. Pour la première fois, elle était surprise de découvrir le peu de choses qu'elle savait des fondements matériels sur lesquels leur bonheur s'appuyait.

Elle jeta un coup d'œil à son mari et fut de nouveau rassurée par le calme de son visage. Pourtant, elle ressentait le besoin d'asseoir son réconfort sur un terrain plus ferme. « Ce procès te donne-t-il des soucis ? Pourquoi ne m'en as-tu jamais parlé ? »

Il répondit aux deux questions en même temps. « Je ne t'en ai pas parlé tout de suite parce qu'il me donnait *effectivement* des soucis... il m'ennuyait, plutôt. Mais c'est de l'histoire ancienne. Ton correspondant a dû mettre la main sur un vieux numéro de la *Sentinel.* »

Elle sentit un vif frisson de soulagement. « Tu veux dire que c'est terminé ? Il a perdu son procès ? »

La réponse de Boyne se fit imperceptiblement attendre. « La plainte a été retirée... c'est tout. »

Elle insista, toutefois, comme pour se disculper intérieurement de l'accusation d'abandonner trop facilement. « Retirée, parce qu'il s'est rendu compte qu'il n'avait aucune chance ?

– Oh, il n'avait aucune chance », répondit Boyne.

Elle luttait encore contre un léger sentiment de perplexité au fond d'elle-même.

« Quand a-t-elle été retirée ? »

Il hésita, comme si une légère incertitude l'assaillait de nouveau. « Je viens juste de l'apprendre, mais je m'y attendais.

– A l'instant... dans l'une de tes lettres ? »

– Oui, dans l'une de mes lettres.

Elle ne répondit pas, et eut seulement conscience qu'après avoir attendu un bref instant, il s'était levé, avait traversé la pièce et s'était installé sur le canapé à côté d'elle. Elle sentit qu'il passait son bras autour d'elle, sentit sa main chercher la sienne et la serrer et, attirée par la chaleur de sa joue, elle se tourna vers lui et croisa son regard souriant.

« Tout va bien... tout va bien ? » demanda-t-elle tandis que ses doutes se dissipaient.

« Je te donne ma parole que tout va pour le mieux ! » lui répondit-il en riant et en la serrant dans ses bras.

III

De toutes les bizarreries du lendemain, l'une des choses les plus étranges dont elle devait se souvenir était le retour soudain et complet de son sentiment de sécurité.

Il planait dans l'atmosphère lorsqu'elle s'éveilla dans sa chambre sombre et basse de plafond. Il la suivit lorsqu'elle descendit prendre son petit déjeuner, étincela dans le feu de la cheminée et se refléta sur les flancs de la fontaine et les larges cannelures de la théière. C'était comme si, par quelque voie détournée, toutes ses peurs diffuses de la veille, qui avaient atteint leur apogée avec l'article du journal, comme si la confuse interrogation du futur et le retour inquiet sur le passé, avaient conjointement liquidé les arriérés de quelque obligation morale obsédante. Si elle s'était effectivement désintéressée des affaires de son mari, c'était parce que sa confiance en lui justifiait instinctivement une telle négligence, comme semblait le prouver son état actuel. Le bien-fondé de sa confiance s'était désormais affirmé devant la menace et le soupçon. Elle ne l'avait jamais vu aussi tranquille, aussi naturellement et pleinement lui-même, qu'après l'interrogatoire auquel elle l'avait soumis. Elle avait presque eu l'impression qu'il connaissait ses doutes et avait voulu purifier l'atmosphère autant qu'elle.

Elle était aussi pure, Dieu merci, que la vive lumière presque estivale qui la surprit lorsqu'elle sortit de la maison pour sa promenade quotidienne dans le jardin. Elle avait laissé Boyne assis à son bureau et, en passant devant la porte de la bibliothèque, elle s'était permis un dernier coup d'œil à son visage calme. Pipe en bouche, il était penché sur ses papiers. Maintenant, elle devait accomplir ses propres tâches matinales qui, par ces charmantes journées d'hiver, lui permettaient de flâner dans les différentes parties de son domaine avec presque autant de plaisir que si le printemps était déjà à l'œuvre. Tant de possibilités s'offraient encore à elle, tant d'occasions de mettre en valeur les charmes cachés de la vieille maison sans la moindre altération irrévérencieuse, que l'hiver semblait bien trop court pour prévoir ce que le printemps et l'automne accompliraient. Ce matin-là, son sentiment de sécurité retrouvé donnait une saveur particulière à la promenade dans le jardin paisible et ravissant. Elle alla tout d'abord dans le potager, où les poiriers en espalier dessinaient des motifs compliqués sur les murs. Les pigeons voletaient et lissaient leurs plumes sur le toit d'ardoise de leur volière. Quelque chose ne fonctionnait pas dans les canalisations de la forcerie et elle attendait un spécialiste de Dorchester qui devait venir entre deux trains faire un diagnostic de la chaudière. Lorsqu'elle plongea dans la chaleur humide des serres, au milieu des senteurs épicées, des rouges et des roses cireux de plantes exotiques démodées – même la flore de Lyng était dans le ton ! – elle constata que le grand homme n'était pas arrivé. La journée étant trop exceptionnelle pour la passer dans une atmosphère artificielle, elle sortit et longea le gazon élastique du terrain de boules jusqu'au jardin situé derrière la maison. Tout au fond s'élevait une terrasse couverte d'herbe d'où l'on apercevait, derrière l'étang et les haies d'ifs, la façade de la longue maison avec ses souches de cheminées tordues et les angles de son toit bleu, baignée dans l'humidité or pâle de l'air.

Vue ainsi, de l'autre côté de l'entrelacs horizontal des jardins, la maison hospitalière aux fenêtres ouvertes et aux cheminées fumantes lui donnait l'impression d'une présence humaine chaleureuse, d'un esprit lentement mûri sur un mur ensoleillé par l'expérience. Elle n'avait encore jamais éprouvé une telle intimité avec la demeure, une telle conviction que tous ses secrets étaient bénéfiques et gardés « pour leur bien, » comme on dit aux enfants, une telle confiance dans son pouvoir d'inclure sa vie et celle de Ned dans le motif harmonieux de la longue histoire qu'elle tissait dans le soleil

Elle entendit des pas derrière elle et se retourna, s'attendant à découvrir le jardinier accompagné du réparateur de Dorchester. Mais seule une silhouette était en vue, celle d'un homme assez jeune et mince qui, pour des raisons qu'elle n'aurait pu donner sur-le-champ, ne correspondait pas le moins du monde à l'idée qu'elle se faisait d'un spécialiste en matière de chaudière de serres. En la voyant, le nouveau venu souleva son chapeau et s'arrêta avec l'expression d'un homme – un voyageur peut-être – qui souhaite faire savoir que son intrusion est involontaire. Lyng attirait parfois des visiteurs très cultivés et elle s'attendait un peu à voir l'étranger dissimuler un appareil photo ou l'exhiber pour justifier sa présence. Mais il ne fit pas le moindre geste et, au bout d'un moment, elle demanda sur un ton en rapport avec son attitude courtoise et hésitante : « Souhaitez-vous voir quelqu'un ?

– Je suis venu voir Mr Boyne », répondit-il. Son intonation, plus que son accent, avait quelque chose d'américain et Mary, en l'entendant, le regarda plus attentivement. Le rebord de son chapeau de feutre mou projetait une ombre sur son visage qui, ainsi dissimulé, revêtait à ses yeux de myope l'air sérieux de quelqu'un venant pour affaires, poliment mais fermement conscient de ses droits.

Elle avait appris par le passé à se montrer raisonnable face à ce genre de demande, mais elle protégeait jalousement les matinées de son mari et doutait qu'il ait donné à quiconque le droit de le déranger.

« Avez-vous rendez-vous avec mon mari ? » demanda-t-elle.

Le visiteur hésita, comme s'il était pris au dépourvu par la question.

« Je pense qu'il m'attend », répondit-il.

C'était au tour de Mary d'hésiter. « C'est l'heure à laquelle il travaille, voyez-vous. Il ne reçoit jamais personne le matin. »

Il la regarda un moment sans répondre, puis commença à s'éloigner, comme s'il acceptait sa décision. Tandis qu'il partait, Mary le vit s'arrêter et lever les yeux vers la façade paisible de la maison. Une impression de fatigue et de désappointement émanait de sa silhouette, le découragement d'un voyageur venu de loin, dont le temps est limité par les horaires du chemin de fer. L'idée lui vint que si c'était le cas, son refus l'avait fait se déranger pour rien et un sentiment de remords lui dicta de se hâter à ses trousses.

« Puis-je vous demander si vous venez de loin ? »

Il lui adressa le même regard grave. « Oui... Je viens de loin.

– Dans ce cas, allez à la maison, mon mari vous recevra certainement. Vous le trouverez dans la bibliothèque. »

Elle ne savait pas pourquoi elle avait ajouté cette dernière phrase, sinon à cause d'un vague désir de compenser son manque d'hospitalité. Le visiteur semblait sur le point de la remercier lorsqu'elle fut distraite par le jardinier qui approchait, escorté d'un homme ayant tout l'air d'être l'expert de Dorchester.

« Par ici », dit-elle en montrant la maison à l'étranger. Un instant plus tard, elle l'avait oublié, tant elle était occupée à discuter avec le réparateur de chaudières.

La rencontre eut de telles conséquences que le spécialiste préféra finalement oublier son train, et Mary, absorbée par la conversation, passa le reste de la matinée au milieu des pots de fleurs. Lorsque la discussion prit fin, elle découvrit avec surprise qu'il était presque l'heure du déjeuner et se hâta de rentrer, s'attendant à moitié à voir son mari venir à sa rencontre. Mais elle ne trouva personne d'autre dans la cour qu'un aide-jardinier ratissant le gravier. Le vestibule, lorsqu'elle y pénétra, était tellement silencieux qu'elle supposa que Boyne travaillait encore.

Ne voulant pas le déranger, elle entra dans le salon et s'assit à son bureau où elle se plongea dans de nouveaux calculs concernant les dépenses dans lesquelles l'avaient engagée la conversation de la matinée. Le fait qu'elle pouvait se permettre de telles folies n'avait encore rien perdu de sa nouveauté. D'une certaine manière, qui contrastait avec ses diffuses peurs des jours précédents, cela semblait désormais faire partie de sa sécurité retrouvée, du sentiment que, comme l'avait dit Ned, tout allait « pour le mieux ».

Elle était encore plongée avec délices dans un déploiement de chiffres lorsque la femme de chambre, debout sur le seuil de la pièce, la surprit en lui demandant s'il était temps de servir le déjeuner. Le fait que Trimmle annonçait le déjeuner comme si elle divulguait un secret d'Etat faisait partie de leurs plaisanteries. Mary, concentrée sur ses papiers, ne proféra qu'un murmure d'assentiment distrait.

Elle sentit que Trimmle hésitait sur le seuil, comme si elle désapprouvait un consentement aussi machinal, puis elle entendit ses pas s'éloigner dans le couloir et, écartant ses papiers, elle traversa le vestibule et se dirigea vers la bibliothèque. Elle était toujours fermée et elle hésita à son tour, répugnant à déranger son mari, et pourtant inquiète à l'idée qu'il pût se surmener. Tandis qu'elle pesait le pour et le contre, Trimmle vint annoncer le déjeuner, ce qui décida Mary à ouvrir la porte de la bibliothèque.

Boyne n'était pas à son bureau. Elle regarda autour d'elle, pensant le trouver devant l'une des étagères qui couvraient le mur, tout le long de la pièce. Personne ne répondit à son appel et, peu à peu, elle se rendit compte qu'il n'était pas là.

Elle se tourna vers la femme de chambre.

« Mr Boyne doit être en haut. Dites-lui que le déjeuner est prêt, je vous prie. »

Trimmle parut balancer entre son devoir indiscutable d'obéissance et la conviction non moins évidente de l'inanité de l'ordre qu'elle avait reçu. Elle résolut le débat en ces termes : « Excusez-moi, madame, mais Mr Boyne n'est pas en haut.

– Il n'est pas dans sa chambre ? En êtes-vous sûre ?

– Oui, madame. »

Mary consulta la pendule. « Dans ce cas, où est-il ?

– Il est sorti », annonça Trimmle avec l'air supérieur

de celle qui a attendu avec respect une question qu'un esprit bien ordonné aurait tout de suite posée.

Mary avait donc deviné juste. Boyne avait dû venir à sa rencontre au jardin et, comme elle l'avait manqué, il avait certainement pris le raccourci par la porte sud, au lieu de passer par la cour. Elle traversa le vestibule en direction de la porte-fenêtre ouvrant directement sur les haies d'ifs, mais la femme de chambre, après avoir surmonté un nouveau conflit intérieur, se décida à parler : « Excusez-moi, madame, mais Mr Boyne n'est pas passé par là. »

Mary se retourna. « Où *est*-il allé ? Et quand ?

– Il est sorti par la porte de devant et a pris l'allée, madame. » Trimmle avait pour principe de ne jamais répondre à plus d'une question à la fois.

« Il a pris l'allée ? A une heure pareille ? » Mary alla à la porte elle aussi et embrassa du regard la cour et le tunnel de tilleuls dépouillés. L'allée était aussi vide que lorsqu'elle l'avait examinée en entrant.

« Mr Boyne n'a pas laissé de message ? »

Trimmle parut capituler après une dernière bataille avec les puissances du chaos.

« Non, madame. Il est simplement sorti avec le monsieur.

– Le monsieur ? Quel monsieur ? » Mary se retourna, comme pour affronter ce fait nouveau.

« Le monsieur qui est venu, madame, dit Trimmle d'un ton résigné.

– Quand ce monsieur est-il venu ? Expliquez-vous, Trimmle ! »

Seul le fait qu'elle avait très faim et voulait consulter son mari au sujet des serres expliquait qu'elle ait intimé un ordre aussi inhabituel à sa femme de chambre. Même alors, elle était suffisamment détachée pour remarquer dans les yeux de Trimmle le défi naissant du respectueux subalterne qu'on a trop harcelé.

« Je ne sais pas l'heure exacte, madame, parce je n'ai pas fait entrer ce monsieur », répondit-elle avec l'air d'ignorer avec discrétion l'irrégularité de la conduite de sa maîtresse.

« Vous ne l'avez pas fait entrer ?

– Non madame. Quand la cloche a sonné, je m'habillais, et Agnès...

– Alors, allez demander à Agnès », dit Mary.

Trimmle affichait toujours son air patient et magnanime. « Agnès ne saura pas, madame, car elle s'est malencontreusement brûlé la main en mouchant la mèche de la nouvelle lampe qui vient de la ville » – Mary savait que Trimmle avait toujours été opposée à l'emploi de la nouvelle lampe – « et donc, Mrs Dockett a envoyé la fille de cuisine à sa place. »

Mary regarde de nouveau la pendule. « Il est plus de deux heures ! Allez demander à la fille de cuisine si Mr Boyne a laissé un mot. »

Elle commença à déjeuner sans plus attendre et Trimmle lui rapporta très vite que, d'après la fille de cuisine, le monsieur était venu vers onze heures et que Mr Boyne était sorti avec lui sans laisser de message. La fille de cuisine ne connaissait pas même le nom du visiteur, car celui-ci l'avait écrit sur un morceau de papier qu'il avait plié avant de le lui tendre, avec l'ordre de le remettre immédiatement à Mr Boyne.

Mary termina son déjeuner, toujours songeuse et, lorsque Trimmle eut apporté le café au salon, son étonnement laissait poindre les premiers signes d'inquiétude. Cela ne ressemblait pas à Boyne de s'absenter sans explication à une heure aussi inaccoutumée et la difficulté qu'elle éprouvait à identifier le visiteur, à l'injonction duquel il avait apparemment obéi, rendait sa disparition encore plus incompréhensible. L'expérience de Mary, épouse d'un ingénieur affairé, soumis à des visites impromptues et contraint à des horaires irréguliers, l'avait habituée à accepter les surprises avec philosophie. Toutefois, depuis que Boyne s'était retiré des affaires, il avait adopté un mode de vie aussi régulier que celui d'un moine bénédictin. Comme pour compenser ces années dispersées et agitées, avec leurs déjeuners « sur le pouce » et leurs dîners avalés au milieu des secousses des wagons-restaurants, il cultivait avec la plus grande recherche la ponctualité et la monotonie, décourageant le goût de sa femme pour l'imprévu, et déclarait qu'un esprit raffiné trouvait une infinité de plaisirs dans la répétition des habitudes.

Toutefois, comme la vie ne peut jamais se prémunir totalement contre l'imprévu, il était évident que toutes les précautions de Boyne devaient un jour ou l'autre se révéler insuffisantes, et Mary conclut qu'il avait écourté une entrevue ennuyeuse en raccompagnant son visiteur à la gare ou du moins en faisant une partie du chemin avec lui.

Cette conclusion lui ôta toute préoccupation et elle sortit pour reprendre sa conversation avec le jardinier. Ensuite, elle marcha jusqu'à la poste du village, éloignée d'un mile environ, et lorsqu'elle reprit le chemin de la maison, le jour commençait déjà à décroître.

Elle avait emprunté un sentier dans les collines et comme, au même moment Boyne rentrait sans doute de la gare par la grand-route, ils avaient peu de chances de se rencontrer. Elle était certaine, cependant, qu'il avait atteint la maison avant elle, tellement certaine que, lorsqu'elle franchit le seuil, sans même s'arrêter pour poser la question à Trimmle, elle se rendit directement dans la bibliothèque. Mais la bibliothèque était toujours vide et, avec une mémoire visuelle inhabituellement précise, elle remarqua que les papiers étaient disposés sur le bureau de son mari dans le même ordre que lorsqu'elle était venue l'appeler pour le déjeuner.

Tout à coup, elle fut saisie d'une peur diffuse de l'inconnu. En entrant, elle avait fermé la porte derrière elle et, debout toute seule dans la longue pièce silencieuse, elle sentit que l'objet de sa peur acquérait une forme et un son, qu'il respirait et rôdait là, dans l'ombre. Elle écarquilla ses yeux de myope, discernant à moitié une présence réelle, quelque chose de distant, qui regardait et savait. Remplie d'horreur par cette présence intangible, elle se jeta sur le cordon de la sonnette et le tira d'un geste sec.

A cette sommation intempestive, Trimmle entra précipitamment, une lampe à la main, et Mary respira devant la réapparition réconfortante du quotidien.

« Vous pouvez apporter le thé si Mr Boyne est là, dit-elle pour justifier son appel.

– Très bien, madame. Mais Mr Boyne n'est pas là, dit Trimmle en posant la lampe.

– Il n'est pas là ? Voulez-vous dire qu'il est rentré et ressorti ?

– Non madame. Il n'est pas rentré. »

La peur de Mary refit surface et elle comprit qu'elle gagnait rapidement du terrain.

« Pas depuis qu'il est sorti avec... le monsieur ?

– Pas depuis qu'il est sorti avec le monsieur.

– Mais qui *était* ce monsieur ? » Mary insistait avec la voix perçante de quelqu'un qui essaie de se faire entendre dans un grand brouhaha.

« Ça, je ne sais pas, madame. » Debout à côté de la lampe, Trimmle sembla soudain perdre ses rondeurs et sa bonne mine, comme si la même ombre sournoise d'appréhension les avait éclipsées.

« La fille de cuisine le sait... n'est-ce pas elle qui l'a fait entrer ?

– Elle ne le sait pas non plus, madame. Il a écrit son nom sur un papier qu'il a plié. »

Malgré son agitation, Mary se rendait compte qu'elles désignaient toutes deux le visiteur inconnu par un vague pronom, à la place de la formule conventionnelle qui, jusqu'alors, avait permis à leurs allusions de rester dans les limites de la vraisemblance. Au même instant, le papier plié lui donna une idée.

« Il doit bien avoir un nom ! Où est le papier ? »

Elle alla vers le bureau et commença à déplacer les documents qui le jonchaient. Son regard fut attiré par une lettre inachevée de la main de son mari. Son stylo était posé en travers, comme si une soudaine injonction le lui avait fait lâcher.

« Mon Cher Parvis – qui était Parvis ? – Je viens de recevoir votre lettre m'annonçant la mort d'Elwell et, tout risque d'ennui me semblant désormais écarté, je pense qu'il serait plus sûr... »

Elle repoussa brusquement la feuille et continua ses recherches, mais ne découvrit pas de papier plié parmi les lettres et les pages de manuscrit qui semblaient avoir été rassemblées à la hâte ou dans un mouvement de surprise.

« La fille de cuisine l'a vu, n'est-ce pas ? Faites-la venir ici », ordonna-t-elle, s'étonnant de la lenteur de son esprit et troublée de n'avoir pas pensé plus tôt à une solution aussi simple.

Trimmle disparut en un clin d'œil, comme si elle était soulagée de quitter la pièce. Lorsqu'elle revint en compagnie de la petite employée inquiète, Mary avait retrouvé son sang-froid et était prête à lui poser ses questions.

Le monsieur était un étranger, oui... cela, elle l'avait compris. Et qu'avait-il dit ? Et surtout, comment était-il ? La réponse à la première question était assez simple, pour la raison déconcertante qu'il n'avait presque rien dit... il avait simplement demandé à voir Mr Boyne et avait écrit son nom sur un morceau de papier qu'à sa requête elle lui avait aussitôt transmis.

« Ainsi, vous ne savez pas ce qu'il a écrit ? Vous n'êtes pas certaine que c'*était* son nom ? »

La fille de cuisine n'en était pas certaine, mais elle le supposait, car elle lui avait demandé qui elle devait annoncer et il avait écrit pour répondre à sa question.

« Quand vous avez apporté le papier à Mr Boyne, qu'a-t-il dit ? »

Elle ne pensait pas que Mr Boyne avait dit quoi que ce fût, mais n'en était pas certaine, car, au moment où elle lui avait tendu le papier et où il l'avait ouvert, elle avait constaté que le visiteur l'avait suivie dans la bibliothèque et elle était sortie, laissant les deux messieurs seuls.

« Si vous les avez laissés dans la bibliothèque, comment savez-vous qu'ils sont sortis de la maison ? »

Cette question plongea le témoin dans un bafouillage passager. Trimmle la sauva et, par d'ingénieuses circonlocutions, réussit à lui faire dire que, avant de traverser le vestibule pour retourner au couloir des cuisines, elle avait entendu les deux messieurs derrière elle et les avait vus sortir ensemble par la porte de devant.

« Ainsi, vous avez vu deux fois ce monsieur. Vous devez pouvoir me le décrire. »

Cet ultime recours aux capacités d'expression de la fille de cuisine révéla que les limites de son endurance avaient été atteintes. L'obligation d'aller à la porte de devant pour « faire entrer » un visiteur représentait en soi un tel bouleversement dans l'ordre fondamental des choses qu'elle avait semé une confusion irrémédiable dans les facultés de la pauvre fille. Celle-ci ne put que balbutier, après nombre d'efforts haletants : « Son chapeau, m'dame, il était différent. Si on peut dire...

– Différent ? Comment cela, différent ? » jeta Mary. Au même instant jaillissait de son esprit une image qui s'y était imprimée le matin même et avait ensuite été recouverte par une succession d'autres impressions.

« Vous voulez dire qu'il portait un chapeau à large bord et que son visage était pâle... un visage assez jeune ? » Mary insistait et la véhémence de ses questions rendait ses lèvres exsangues. Si la fille de cuisine trouva une réponse adéquate à cette interrogation, celle-ci échappa à son interlocutrice, noyée par la marée montante de ses propres convictions. L'étranger... l'étranger du jardin ! Pourquoi Mary n'y avait-elle pas songé plus tôt ? Plus personne n'avait besoin de lui dire que c'était lui qui était venu voir son mari et était parti avec lui. Mais qui était-il et pourquoi Boyne lui avait-il obéi ?

IV

Comme un sourire surgissant des ténèbres, il lui revint soudain à l'esprit qu'ils avaient souvent qualifié l'Angleterre de si petite qu'il était « diantrement difficile de s'y perdre ».

Diantrement difficile de s'y perdre ! C'étaient les propres termes de son mari. Et maintenant que toute la machinerie de l'enquête officielle balayait de ses projecteurs les côtes, l'une après l'autre, et les détroits qui les séparaient, maintenant que le nom de Boyne flamboyait sur les murs de chaque ville et de chaque village, que son portrait (cela lui fendait le cœur !) était brandi dans tout le pays comme celui d'un criminel en fuite, la petite île dense et populeuse, si bien contrôlée, surveillée et administrée, apparaissait comme un sphinx défendant des mystères abyssaux et fixant le regard angoissé de son épouse comme s'il éprouvait une joie mauvaise à savoir quelque chose qu'elle ne saurait jamais !

Au cours de la quinzaine qui suivit la disparition de Boyne, il n'y eut ni nouvelles ni trace de ses mouvements. Même les habituels rapports trompeurs, qui ravivent l'espoir dans les cœurs au supplice, furent rares et éphémères. Personne d'autre que la fille de cuisine n'avait vu Boyne quitter la maison et personne d'autre n'avait vu « le monsieur » qui l'accompagnait. Les enquêtes menées dans le voisinage ne réussirent pas à faire resurgir le souvenir de la présence d'un étranger ce jour-là dans les environs de Lyng. Personne n'avait rencontré Edward Boyne, seul ou accompagné, que ce fût dans les villages voisins, sur la route passant dans les collines ou dans l'une des gares de la région. Le soleil anglais de midi l'avait englouti aussi complètement que s'il était entré dans les ténèbres cimmériennes.

Tandis que l'enquête officielle battait son plein, Mary avait fouillé et retourné les papiers de son mari, cherchant les traces de complications, d'intrigues ou d'obligations plus anciennes et inconnues d'elle, qui auraient pu apporter une lueur dans les ténèbres. Si elles avaient existé à l'arrière-plan de la vie de Boyne, elles avaient disparu comme le morceau de papier sur lequel le visiteur avait écrit son nom. Il ne restait pas le moindre fil d'Ariane, excepté – s'il s'agissait vraiment d'une exception – la lettre que Boyne était apparemment en train d'écrire lorsqu'il avait reçu la mystérieuse sommation. Cette lettre, lue et relue par sa femme, et soumise par elle à la police, ne livrait pas suffisamment d'éléments pour élaborer une hypothèse.

« Je viens d'apprendre la mort d'Elwell et, tout risque d'ennui me semblant désormais écarté, je pense qu'il serait plus sûr... » C'était tout. Le « risque d'ennui » s'expliquait facilement par la coupure de journal qui avait informé Mary des poursuites engagées contre son mari par l'un de ses associés dans l'affaire de la Blue Star. La seule information nouvelle qu'apportait la lettre était que Boyne, en écrivant, semblait encore redouter les résultats de l'action en justice, bien qu'il eût dit à sa femme que la plainte avait été retirée, et que sa lettre fît état de la mort du plaignant. Il fallut plusieurs jours pour établir l'identité du « Parvis » auquel était destiné le début de lettre, mais, même après que l'enquête eut révélé qu'il s'agissait d'un avocat de Waukesha, aucun fait nouveau concernant le procès Elwell ne survint. Cet homme semblait ne pas avoir eu d'intérêts directs dans l'affaire et n'être au courant des faits qu'en tant que relation et intermédiaire possible. Il se déclara incapable de deviner dans quel but Boyne avait l'intention de lui demander son assistance.

Cette information négative, seul résultat de la première quinzaine d'enquête, ne reçut pas le moindre complément au cours des longues semaines qui suivirent. Mary savait que les recherches se poursuivaient, mais elle avait le vague sentiment qu'elles ralentissaient petit à petit, tout comme l'écoulement du temps. C'était comme si les jours qui fuyaient, frappés d'horreur, l'image voilée de ce jour insondable, retrouvaient leur assurance au fur et à mesure que la distance augmentait, jusqu'à ce que, enfin, ils aient repris leur cheminement normal. Il en allait de même de l'imagination des hommes à propos de ce sombre événement. A n'en point douter, il occupait encore leurs pensées, mais, au fil des semaines, au fil des heures, il devenait moins captivant, prenait moins de place, était lentement mais inévitablement supplanté, au premier plan de la conscience, par les nouveaux problèmes qui montaient en bouillonnant du chaudron nébuleux de l'expérience humaine.

Mary Boyne, elle-même, prenait progressivement conscience de cette perte de vitesse. Elle continuait à obéir aux oscillations incessantes des hypothèses, mais leur pulsation était plus lente, plus rythmée. Elle passait même par des moments de lassitude durant lesquels, comme la victime d'un poison qui laisse l'esprit libre mais immobilise le corps, elle se voyait vivre quotidiennement avec l'horreur, acceptant sa présence continuelle comme l'un des éléments immuables de sa vie.

Ces moments se transformèrent en heures, puis en jours, et elle aborda une phase de consentement passif. Elle contemplait la routine de la vie quotidienne avec l'œil absent du sauvage sur lequel le fonctionnement dénué de sens de la civilisation ne produit pas la moindre impression. Elle en était venue à se considérer comme un élément de la routine, rayon d'une roue entraînée par la rotation. Elle s'identifiait presque aux meubles de la pièce où elle s'asseyait, objet insensible qu'il fallait épousseter et déplacer comme les chaises et les tables. Cette apathie croissante la retenait à Lyng, en dépit des prières de ses amis et des recommandations médicales habituelles l'engageant à « changer d'air ». Ses amis pensaient qu'elle refusait de bouger parce qu'elle croyait que son mari reviendrait un jour à l'endroit d'où il avait disparu, et une belle légende naquit de cette attente imaginaire. En réalité, elle ne croyait rien de tel : plus aucune lueur d'espoir n'éclairait l'abîme d'angoisse où elle était plongée. Elle était convaincue que Boyne ne reviendrait jamais, qu'il s'était évanoui aussi irrémédiablement que si la mort elle-même l'avait attendu ce jour-là sur le seuil. Elle avait même abandonné une à une les différentes théories sur sa disparition qu'avaient émises la presse, la police et sa propre imagination au supplice. Par pure lassitude, son esprit se détourna de ces hypothèses horribles et admit le simple fait qu'il était parti.

Non, elle ne saurait jamais ce qui lui était arrivé – personne ne le saurait. Mais la maison *savait* ; la bibliothèque où elle passait de longues soirées solitaires savait. C'était là que la dernière scène s'était déroulée, là que l'étranger était venu et avait prononcé les mots au son desquels Boyne s'était levé pour le suivre. Le sol qu'elle foulait avait senti son pas, les livres rangés sur les étagères avaient vu son visage ; à certains moments, la présence intense des vieux murs sombres semblait sur le point de révéler leur secret de manière audible. Mais cette révélation ne venait jamais et elle savait qu'elle ne viendrait jamais. Lyng ne faisait pas partie des vieilles maisons bavardes qui trahissent les secrets qu'on leur a confiés. Sa légende montrait qu'elle avait toujours été la complice muette, la gardienne incorruptible, des mystères qu'elle avait surpris. Assise en tête à tête avec son silence, Mary Boyne sentait qu'il était vain de tenter de le briser par des moyens humains.

V

« Je ne dis pas que c'était *malhonnête*, et pourtant, je ne dis pas que c'était *honnête*. Les affaires sont les affaires. »

A ces mots, Mary leva la tête avec un tressaillement et regarda intensément son interlocuteur.

Une demi-heure auparavant, on lui avait apporté une carte au nom de Mr Parvis. Elle s'était tout de suite rendu compte qu'elle avait eu ce nom à l'esprit depuis qu'elle l'avait lu au début de la lettre inachevée de Boyne. Elle avait trouvé un petit homme au teint cireux, chauve et portant des lunettes cerclées d'or qui l'attendait dans la bibliothèque. Un frisson l'avait parcourue à l'idée qu'elle se trouvait en face de la personne à laquelle avait été adressée la dernière pensée connue de son mari.

Poliment, mais sans préambule inutile –à la manière d'un homme qui vit montre en main– Parvis avait exposé le motif de sa visite. Il avait « fait un saut » en Angleterre pour affaires et, se trouvant dans les environs de Dorchester, il n'avait pas voulu quitter la région sans présenter ses respects à Mrs Boyne, et sans lui demander, si l'occasion se présentait, ce qu'elle comptait faire pour la famille de Bob Elwell.

Ces paroles réveillèrent une peur obscure dans le cœur de Mary. Est-ce que cet homme savait, en définitive, ce que Boyne voulait dire dans sa phrase inachevée ? Elle lui demanda d'expliquer sa question et remarqua tout de suite qu'il semblait surpris de l'étendue de son ignorance. Etait-il possible qu'elle en sût aussi peu qu'elle le prétendait ?

« Je ne sais rien... vous devez tout me raconter, » bredouilla-t-elle. A ces mots, son visiteur entreprit de lui dévoiler toute l'histoire. Même pour elle qui n'avait qu'une perception confuse et une vision imparfaite des affaires, cela jeta une lumière effrayante sur l'épisode nébuleux de la Blue Star Mine. Dans cette brillante spéculation, son mari avait gagné de l'argent en « devançant » quelqu'un de moins prompt à saisir l'occasion, et la victime de son ingéniosité était le jeune Robert Elwell, qui « l'avait mis » sur la combine de la Blue Star.

Au premier cri de Mary, Parvis lui avait jeté un regard apaisant derrière ses lunettes sévères.

« Bob Elwell n'était pas assez malin, voilà tout. Autrement il aurait pu faire volte-face et rendre la pareille à Boyne. Cela se produit tous les jours dans les affaires. J'imagine que c'est ce que les scientifiques appellent la sélection naturelle... vous voyez ? » dit Mr Parvis, apparemment ravi de la justesse de son analogie.

Mary sentit qu'elle reculait physiquement devant la question qu'elle essayait de formuler, comme si les mots sur ses lèvres avaient un goût qui l'écœurait.

« Mais alors... vous accusez mon mari d'avoir fait quelque chose de déshonorant ? »

Mr Parvis étudia la question avec calme. « Oh, non, pas du tout. Je ne dis pas même que c'était malhonnête. » Son regard parcourait les longues rangées de livres, comme si l'une d'elles pouvait lui fournir la définition qu'il cherchait. « Je ne dis pas que c'était *malhonnête*, et pourtant je ne dis pas que c'était *honnête*. Les affaires sont les affaires. » Après tout, il n'existait pas dans son milieu de définition plus complète que celle-ci.

Mary, toujours assise, le dévisageait avec une expression de terreur. Il lui apparaissait comme l'émissaire indifférent de quelque puissance maléfique.

« Mais, apparemment, les avocats de Mr Elwell ne partageaient pas votre point de vue, car je suppose que la plainte a été retirée sur leurs conseils.

– Bien sûr, ils savaient qu'il n'avait aucun argument valable sur lequel s'appuyer. C'est au moment où ils lui ont conseillé de retirer sa plainte que le désespoir l'a gagné. Voyez-vous, il avait emprunté presque tout l'argent qu'il a perdu dans la Blue Star et il était dans le pétrin. C'est pour cela qu'il s'est tiré une balle de revolver quand ils lui ont appris qu'il ne pouvait pas se défendre. »

Par grandes vagues assourdissantes, l'horreur submergeait Mary.

« Il s'est tiré une balle de revolver ? Il s'est tué à cause de *cela* ?

– Eh bien, il ne s'est pas vraiment tué. Il a traîné deux mois avant de mourir. » Parvis fit cette déclaration avec aussi peu d'émotion qu'un phonographe jouant un disque.

« Vous voulez dire qu'il a tenté de se tuer, qu'il a échoué et qu'il a recommencé ?

– Oh, il n'a pas eu besoin de *recommencer* », dit Parvis d'un ait mécontent.

Ils étaient assis face à face en silence. Il balançait pensivement ses lunettes entre ses doigts, tandis qu'elle était immobile, les bras allongés sur les genoux, rigide et tendue.

« Mais si vous saviez tout cela », finit-elle par dire, à peine capable d'émettre autre chose qu'un murmure, « comment se fait-il que, au moment de la disparition de mon mari, vous ayez écrit que vous ne compreniez pas le sens de sa lettre ? »

Parvis entendit ces mots sans manifester d'embarras : « C'est que je ne l'ai pas compris... au sens strict. Et, de toute manière, ce n'était pas le moment d'en parler. L'affaire Elwell avait été réglée lors du retrait de la plainte. Rien de ce que j'aurais pu vous dire ne vous aurait aidée à retrouver votre mari. »

Mary continuait à l'observer. « Alors pourquoi me le dites-vous maintenant ? »

Cette fois encore, Parvis n'hésita pas. « Eh bien, pour commencer, je pensais que vous en saviez plus qu'il n'y paraît... je veux dire, sur les circonstances de la mort d'Elwell. De plus, les gens en parlent maintenant. Toute l'affaire revient sur le tapis. J'ai pensé que si vous ne le saviez pas, il fallait vous l'apprendre. »

Elle garda le silence et il reprit : « Voyez-vous, on vient seulement de découvrir l'état lamentable des affaires d'Elwell. Sa femme a beaucoup de fierté et elle s'est battue tant qu'elle a pu. Elle a travaillé à l'extérieur, puis elle a fait de la couture chez elle quand elle a été trop malade – un problème cardiaque, je crois. Mais elle devait s'occuper de la mère de son mari et des enfants. Elle s'est effondrée et a fini par demander de l'aide. Cela a attiré l'attention sur l'affaire et les journaux s'en sont saisi, une souscription a été lancée. Là-bas tout le monde aimait bien Bob Elwell, la plupart des personnalités importantes du coin figurent sur la liste et les gens commencent à se demander pourquoi... »

Parvis s'interrompit pour fouiller dans une de ses poches intérieures. « Voilà, reprit-il, voilà toute l'histoire racontée par la *Sentinel*... il y a un peu de sensationnel, bien sûr, mais je pense que vous feriez bien d'y jeter un coup d'œil. »

Il tendit un journal à Mary qui le déplia lentement, tout en se rappelant le soir où, dans la même pièce, la lecture d'un article de la *Sentinel* avait pour la première fois ébranlé les fondements de sa sécurité.

Elle ouvrit le journal et son regard, évitant le titre énorme « La veuve de la victime de Boyne contrainte de demander de l'aide », parcourut le texte en colonne jusqu'aux deux portraits qui y étaient insérés. Le premier représentait son mari d'après une photographie prise l'année de leur départ pour l'Angleterre. C'était le portrait de lui qu'elle préférait, celui qui était posé sur le bureau de sa chambre. Ses yeux se posèrent sur ceux de la photographie, et elle sentit qu'il lui serait impossible de lire ce qu'on disait de lui. L'intensité de sa peine lui fit baisser les paupières.

Elle entendit Parvis dire : « Je pensais que si vous étiez disposée à inscrire votre nom... »

Elle fit un effort pour ouvrir les yeux, et son regard tomba sur l'autre portrait. C'était celui d'un homme assez jeune, mince, les traits quelque peu estompés par le large bord de son chapeau. Où avait-elle déjà vu cette silhouette ? Elle la fixait confusément, le sang lui martelant les oreilles. Puis elle poussa un cri.

« C'est l'homme... l'homme qui est venu voir mon mari ! »

Elle entendit Parvis bondir sur ses pieds, eut vaguement conscience qu'elle était tombée à la renverse dans le coin du canapé et qu'il se penchait sur elle avec inquiétude. Elle se redressa et tendit la main pour saisir le journal qu'elle avait laissé tomber.

« C'est bien lui ! Je le reconnaîtrais entre mille ! » répéta-t-elle d'une voix qui résonna à ses oreilles comme un hurlement.

La réponse de Parvis lui parut venir de très loin, après d'infinis détours noyés dans le brouillard.

« Mrs Boyne, vous ne vous sentez pas très bien. Voulez-vous que j'appelle quelqu'un ? Voulez-vous que j'aille vous chercher un verre d'eau ?

– Non, non, non ! » Elle se précipita vers lui en serrant frénétiquement le journal dans sa main. « Je vous le dis, c'est lui ! Je le *connais* ! Il m'a parlé dans le jardin ! »

Parvis lui prit le journal et plaça ses lunettes au-dessus du portrait. « C'est impossible, Mrs Boyne. Cet homme est Robert Elwell.

– Robert Elwell ? » Son regard vide semblait voyager dans l'espace. « C'est donc Robert Elwell qui est venu le chercher.

– Venu chercher Boyne ? Le jour où il a disparu ? » Parvis baissait la voix tandis qu'elle élevait la sienne. Il se pencha et posa sur elle une main fraternelle, comme pour la persuader gentiment de se rasseoir. « Voyons, Elwell était déjà mort ! Vous ne vous en souvenez pas ? »

Mary s'assit, les yeux rivés sur la photographie, sans entendre ce qu'il disait.

« Ne vous souvenez-vous pas de la lettre inachevée que Boyne me destinait... celle que vous avez trouvée sur son bureau ce jour-là ? Elle a été écrite juste après qu'il eut appris la mort d'Elwell. » Elle remarqua un tremblement bizarre dans la voix dénuée d'émotion de Parvis. « Vous vous en souvenez sûrement ! » insista-t-il.

Oui, elle s'en souvenait : c'était bien le plus horrible. Elwell était mort la veille de la disparition de son mari et elle avait le portrait d'Elwell sous les yeux. C'était le portrait de l'homme qui lui avait parlé dans le jardin. Elle leva la tête et promena lentement son regard autour de la bibliothèque. Celle-ci aurait pu témoigner que c'était également le portrait de l'homme qui était entré ce jour-là et avait arraché Boyne à sa lettre inachevée. A travers les révélations brumeuses de sa mémoire, elle entendit le faible grondement de mots à moitié oubliés – les mots qu'avait prononcés Alida Stair sur la pelouse de Pangbourne avant que Boyne et sa femme aient jamais vu la maison de Lyng ou qu'ils aient même imaginé y vivre un jour.

« C'est l'homme qui m'a parlé », répéta-t-elle.

Elle regarda de nouveau Parvis. Il essayait de dissimuler son trouble sous ce qu'il croyait probablement être une expression d'indulgente commisération, mais les commissures de ses lèvres étaient bleues. « Il pense que je suis folle, mais je ne suis pas folle », se dit-elle, et soudain, en un éclair, elle sut comment justifier son étrange affirmation.

Elle se calma, contrôla le tremblement de ses lèvres et attendit d'être sûre que sa voix ne la trahirait pas. Elle dit alors, en regardant Parvis droit dans les yeux : « Pouvez-vous répondre à une seule question, je vous prie ? Quand Robert Elwell a-t-il tenté de se tuer ?

– Quand... quand ? balbutia Parvis.

– Oui, la date. Je vous en prie, essayez de vous en souvenir. »

Elle vit qu'elle l'effrayait de plus en plus. « Il faut que je le sache, insista-t-elle.

– Oui, oui. Seulement, je ne m'en souviens pas. Environ deux mois avant, je pense.

– Je veux la date exacte », répéta-t-elle.

Parvis ramassa le journal. « Nous la trouverons peut-être ici », dit-il, en la ménageant encore. Il parcourut la page des yeux. « Voilà. En octobre dernier... le... »

Elle lui coupa la parole. « Le 20, n'est-ce pas ? »

Il lui lança un coup d'œil pénétrant et vérifia. « Oui, le 20. Ainsi, vous le *saviez* ?

– Je le sais maintenant. » Son regard continuait d'errer sans le voir. « Dimanche 20... c'est le jour où il est venu pour la première fois. »

La voix de Parvis était presque inaudible. « Où il est venu *ici* pour la première fois ?

– Oui.

– Alors, vous l'avez vu deux fois ?

– Oui, deux fois. » Elle dit ces mots dans un souffle. « Il est d'abord venu le 20 octobre. Je me souviens de la date parce que c'est le jour où nous sommes montés à Meldon Steep pour la première fois. » Elle sentit un faible accès de rire intérieur à l'idée que sans cela, elle aurait pu oublier.

Parvis continuait à la dévisager, comme s'il essayait d'intercepter son regard.

« Nous l'avons vu depuis le toit, reprit-elle. Il descendait l'allée de tilleuls en direction de la maison. Il était habillé exactement comme sur cette photo. Mon mari l'a vu le premier. Il a eu peur et il est descendu en courant, sans m'attendre. Mais il n'y avait personne ; il avait disparu.

– Elwell avait disparu ? bredouilla Parvis.

– Oui. » Leurs murmures semblaient se chercher à tâtons. « Je ne pouvais pas imaginer ce qui s'était passé. Je comprends maintenant. Il a *essayé* de venir, mais il n'était pas assez mort... nous étions hors de portée. Il a dû attendre deux mois pour mourir. Alors, il est revenu... et Ned est parti avec lui. »

Elle fit un signe de tête à Parvis avec l'air triomphant d'un enfant qui a résolu une devinette difficile. Mais soudain, elle leva les mains dans un geste désespéré et les pressa sur ses tempes.

« Oh, mon Dieu ! je l'ai envoyé à Ned... je lui ai dit où aller ! Je l'ai envoyé dans cette pièce ! » hurla-t-elle.

Elle sentit que les murs tapissés de livres se précipitaient sur elle, comme des ruines s'écroulant sur elles-mêmes. Elle entendit Parvis, très loin, au milieu des ruines, qui lui criait quelque chose et s'efforçait de l'atteindre. Mais elle ne réagissait pas à son contact, elle ne savait pas ce qu'il disait. A travers le tumulte, elle n'entendait qu'une seule note distincte, la voix d'Alida Stair sur la pelouse de Pangbourne.

« Vous ne vous en apercevrez que plus tard, disait-elle. Vous ne vous en apercevrez que bien plus tard. »

Kerfol

Vous devriez l'acheter, dit mon hôte ; c'est exactement l'endroit qui convient à un solitaire de votre espèce. Et ce serait vraiment intéressant de posséder la maison la plus romantique de Bretagne. Les propriétaires actuels sont fauchés comme les blés ; ils la vendent pour une bouchée de pain... vous devriez l'acheter. »

Ce fut sans la moindre intention d'agir conformément au tempérament que me prêtait mon ami Lanrivain (à dire vrai, sous mes apparences insociables, j'ai toujours aspiré au fond de moi à une vie de famille), que je suivis son conseil un après-midi d'automne et me rendis à Kerfol. Mon ami allait à Quimper en auto pour affaires. Il me déposa en chemin, à un carrefour dans la lande, et dit : « Première route à droite, puis deuxième à gauche. Ensuite, tout droit jusqu'à une avenue bordée d'arbres. Si vous rencontrez des paysans, ne leur demandez pas votre chemin. Ils n'entendent pas le français et, en prétendant vous comprendre, ils vous embrouilleraient. Je viendrai vous prendre ici au coucher du soleil... n'oubliez pas les tombes de la chapelle. »

Je suivis les indications de Lanrivain en hésitant un peu, comme chaque fois qu'on tente de se rappeler si on vous a dit la première route à droite et la seconde à gauche, ou le contraire. Si j'avais rencontré un paysan, je lui aurais certainement demandé mon chemin et sa réponse m'aurait sans doute égaré, mais j'étais seul dans le paysage désert. Je finis par trouver le tournant à droite et marchai dans la lande jusqu'à parvenir à une avenue. Elle était si différente de toutes celles que j'avais vues jusqu'alors que je sus immédiatement qu'il s'agissait de l'avenue en question. Les troncs gris des arbres s'élevaient très haut et leurs branches d'un gris plus pâle s'emmêlaient pour former un long tunnel à travers lequel la lumière automnale brillait faiblement. Je connais le nom de la plupart des arbres, mais, aujourd'hui encore, je suis incapable de dire à quelle espèce ceux-ci appartenaient. Ils avaient à la fois la courbe élevée des ormes, la finesse des peupliers et la couleur cendrée des oliviers sous un ciel de pluie. L'avenue s'étendait devant moi sur un demi-mile ou plus, sans la moindre interruption dans l'arche que formaient les arbres. Si jamais j'ai vu une avenue menant sans erreur possible quelque part, c'est bien celle de Kerfol. En m'y engageant, je sentis mon cœur battre un peu plus vite.

Au bout d'un moment, l'allée s'interrompit. J'atteignis un mur d'enceinte fortifié et une grille, devant lesquels s'étendait un vaste espace couvert d'herbe où débouchaient en étoile d'autres avenues grises. Derrière le mur, on apercevait de hauts toits d'ardoise recouverts de mousse argentée, le clocher d'une chapelle, le sommet d'un donjon. L'ensemble des bâtiments était entouré de douves où poussaient des ronces et des arbustes sauvages. Le pont-levis avait été remplacé par une arche en pierre, et la herse par une grille. Je me tins un bon moment devant les douves, regardant autour de moi et me laissant pénétrer par l'atmosphère du lieu. Je me disais : « Si j'attends assez longtemps, le gardien viendra et me montrera les tombes... », et j'espérais qu'il ne viendrait pas trop vite.

Je m'assis sur une pierre et allumai une cigarette. Tout de suite, je me rendis compte de la puérilité et de la vanité de mon attitude face à la grande maison aveugle qui me regardait de haut et à toutes les avenues vides qui convergeaient vers moi. Ce fut peut-être la profondeur du silence qui donna tant d'importance à mon geste. Le craquement de mon allumette fit autant de bruit qu'un crissement de freins, et je crus presque l'entendre tomber lorsque je la lançai dans l'herbe. Mais il y avait autre chose : j'avais l'impression d'être déplacé, et j'éprouvais un sentiment de petitesse et de vaine bravade à être assis là, soufflant la fumée de ma cigarette à la face d'un tel passé.

Je ne connaissais rien de l'histoire de Kerfol – c'était la première fois que je venais en Bretagne et Lanrivain n'avait jamais prononcé ce nom devant moi auparavant – mais il était impossible de regarder cet édifice sans sentir en lui l'accumulation d'un long passé. Je n'avais pas la moindre idée du genre d'histoire qu'il avait pu connaître. Peut-être pensais-je simplement aux innombrables vies et morts dont le poids donne de la majesté à toutes les vieilles demeures. Toutefois, l'atmosphère de Kerfol évoquait quelque chose de plus... une longue perspective de souvenirs graves et cruels se perdant, comme les avenues grises, dans des ténèbres confuses.

Aucune maison n'avait assurément rompu de manière aussi complète et définitive avec le présent. Ainsi campée, avec ses toits fiers et ses pignons dressés vers le ciel, elle aurait pu être son propre monument funéraire. « Des tombes dans la chapelle ? Mais tout l'endroit est une tombe ! » me dis-je. J'espérais de plus en plus que le gardien ne viendrait pas. Les particularités du lieu, si intéressantes qu'elles fussent, sembleraient dérisoires en comparaison d'un ensemble aussi impressionnant. Je souhaitais simplement rester assis là et me laisser pénétrer par la pesanteur de son silence.

« C'est exactement ce qu'il vous faut ! » avait

dit Lanrivain. Je fus saisi par la frivolité presque blasphématoire qu'il y avait à suggérer à un être vivant que Kerfol était ce qu'il lui fallait. « Est-il possible de ne *pas* se rendre compte... ? » me demandai-je. Je n'achevai pas ma pensée : ce que je percevais était indéfinissable. Je me levai et m'approchai de la grille. Je commençai à avoir envie d'en savoir davantage, pas d'en *voir* davantage : j'étais maintenant convaincu qu'il ne s'agissait pas de voir, mais de sentir tout ce que l'endroit avait à communiquer. « Mais pour entrer, il va falloir dénicher le gardien », pensai-je sans enthousiasme, et j'hésitais. Finalement, je franchis le pont et poussai la grille de fer. Elle céda et je m'engageai dans le tunnel que formait l'épaisseur du chemin de ronde. Tout au bout, une barrière de bois avait été placée devant l'entrée et au-delà s'étendait une cour entourée des bâtiments nobles. L'édifice principal me faisait face. Je vis alors que la moitié n'était qu'une façade en ruine avec des fenêtres béantes à travers lesquelles on apercevait les buissons des douves et les arbres du parc. Le reste de la maison, encore solide, avait conservé sa beauté. D'un côté, la demeure était flanquée de la tour ronde, de l'autre, de la petite chapelle aux fenêtres à réseau et, dans un angle du bâtiment, se trouvait un puits charmant, couronné d'urnes moussues. Quelques rosiers poussaient le long du mur et je me rappelle avoir remarqué plus haut, sur un rebord de fenêtre, un pot de fuchsias.

Le sentiment d'une influence surnaturelle commençait à céder le pas à mon intérêt pour l'architecture. Le bâtiment était si beau en lui-même que j'éprouvai l'envie de l'explorer. Je parcourus la cour des yeux en me demandant à quel endroit logeait le gardien. Puis je poussai la barrière et entrai. Ce fut alors qu'un chien me barra le chemin. C'était un si joli petit chien qu'un instant il me fit oublier l'endroit splendide qu'il défendait. Je n'étais pas certain de sa race, mais j'ai appris depuis qu'il s'agissait d'un animal chinois, une variété rare appelée « chien de manchon ». Il était tout petit, d'un brun doré, avec de grands yeux bruns et un jabot : il ressemblait à un grand chrysanthème fauve. Je me dis : « Ces petites bêtes essaient de mordre et aboient toujours. Quelqu'un ne va pas tarder à sortir. »

Le petit animal se tenait devant moi, sur ses gardes, presque menaçant : la colère se lisait dans ses grands yeux bruns. Mais il n'émettait pas un son, il ne s'approchait pas. Au contraire, à mesure que j'avançais, il reculait petit à petit et je vis qu'un autre chien, de race incertaine, laid et au pelage moucheté, s'était levé en boitant sur une patte malade. « Cette fois, il va y avoir du vacarme », pensai-je, car, au même moment, un troisième chien, bâtard blanc à longs poils, se glissa dehors par une porte et vint rejoindre les autres. Tous les trois restaient là à me regarder de leurs yeux graves, mais aucun son ne sortait de leur gorge. A mesure que j'avançais, ils reculaient sans bruit, sans me quitter des yeux. « A un moment donné, ils vont tous s'attaquer à mes chevilles : c'est l'une des plaisanteries que les chiens vivant ensemble aiment faire subir aux gens », me dis-je. Je n'avais pas peur, ils n'étaient ni gros ni effrayants. Pourtant, ils me laissaient flâner dans la cour à ma guise en me suivant à quelque distance – toujours la même – et en ne me quittant pas des yeux. Je jetai un regard sur la façade en ruine et vis un autre chien dans l'encadrement de l'une des fenêtres vides : un chien d'arrêt blanc avec une oreille marron. C'était un vieux chien sérieux, ayant beaucoup plus d'expérience que les autres. Il semblait m'observer avec encore plus d'intensité.

« *Lui,* je vais l'entendre », me dis-je, mais il resta à la fenêtre, près des arbres du parc, et continua à me regarder sans bouger. Je le fixai à mon tour quelque temps, afin de voir si le sentiment d'être regardé ne le pousserait pas à agir. La moitié de la cour nous séparait et nous nous dévisagions en silence. Il ne bougea pas et finalement je me détournai. Derrière moi, un nouveau venu s'était joint à la bande, un petit lévrier noir aux yeux pâles couleur d'agate. Il tremblait un peu et avait l'air plus timide que les autres. Je remarquai qu'il restait un peu en retrait. Il n'y avait toujours pas le moindre bruit.

Je restai debout au milieu du cercle cinq bonnes minutes. J'attendais, et eux aussi semblaient attendre. Puis, comme je m'approchai du petit chien brun doré et me penchai pour le caresser, je m'entendis émettre un rire nerveux. Le petit chien ne sursauta, ni ne grogna, ni même ne me quitta des yeux... il recula d'un mètre, s'arrêta et continua à me regarder. « Oh, zut ! » m'exclamai-je, et je traversai la cour en direction du puits.

Les chiens brisèrent le cercle devant moi et s'éloignèrent dans différentes directions. J'examinai les urnes au-dessus du puits, essayai d'ouvrir une ou deux portes fermées à clé et parcourus des yeux la façade muette, avant de me tourner vers la chapelle. Je m'aperçus alors que tous les chiens avaient disparu à l'exception du vieux chien d'arrêt qui m'observait toujours de la fenêtre. Assez soulagé d'être débarrassé de cette nuée de témoins, je me mis à chercher un chemin menant derrière la maison. « Il y aura peut-être quelqu'un dans le jardin », pensai-je. Je trouvai un sentier qui traversait les douves, escaladai un mur enfoui sous les ronces et parvins au jardin. La vieille maison contemplait d'un air indifférent les quelques maigres hortensias et géraniums qui dépérissaient dans les plates-bandes. Côté jardin, la maison était plus simple et plus sévère : la longue façade de granit, avec ses rares fenêtres et son toit pentu, ressemblait à une prison fortifiée. Je contournai l'aile la plus éloignée, montai quelques marches disjointes et pénétrai dans la profonde pénombre d'une allée de buis, juste assez large pour une seule personne. Les branches des arbres se rejoignaient au-dessus de ma tête. J'avais l'impression de me trouver dans une allée fantôme où le vert brillant du buis prenait le même gris sombre que les arbres des avenues. Je continuai d'avancer, les branches me fouettaient le visage et reprenaient leur place avec un craquement sec. Enfin je débouchai sur le chemin de ronde couvert d'herbe. Je le suivis jusqu'à la tour de la grille et regardai la cour, juste au-dessous de moi. Il n'y avait pas âme qui vive. Les chiens étaient invisibles également. Je découvris une volée de marches dans l'épaisseur du mur et descendis. Lorsque je parvins dans la cour, les animaux faisaient cercle. Le chien brun doré se tenait un peu en avant des autres et le lévrier noir tremblait derrière.

« Oh, la barbe! Désagréables bêtes ! » m'exclamai-je, surpris par l'écho soudain de ma voix. Les chiens demeuraient immobiles et me regardaient. Sachant désormais qu'ils n'essaieraient pas de m'empêcher d'approcher de la maison, je pris le temps de les étudier. J'avais l'impression qu'ils devaient être terriblement effrayés pour rester aussi inertes et silencieux. Pourtant ils n'avaient l'air ni affamés ni maltraités. Leur poil était lisse et ils n'étaient pas maigres, à l'exception du lévrier tremblant. C'était plutôt comme s'ils vivaient depuis longtemps avec des gens qui jamais ne leur parlaient ni ne les regardaient, comme si le silence de l'endroit avait petit à petit engourdi leur nature curieuse et affairée. Cette étrange passivité, cette lassitude presque humaine, me semblaient encore plus triste que les souffrances des animaux affamés et battus. J'aurais voulu les réveiller un instant, les inciter gentiment à jouer ou à gambader, mais plus j'observais leurs yeux fixes et las, plus l'idée me semblait absurde. Sous le regard des fenêtres de la maison, comment avais-je pu imaginer une chose pareille ? Les chiens étaient plus avisés. *Eux* savaient ce que la maison était prête à tolérer. Je me figurai même qu'ils savaient ce qui me passait par la tête et qu'ils avaient pitié de ma frivolité, mais même cela devait leur parvenir à travers un épais brouillard d'apathie. J'avais le sentiment que la distance physique qui nous séparait n'était rien en comparaison de leur éloignement. Ils donnaient l'impression de posséder en commun un souvenir si profond et si sombre que rien de ce qui s'était produit depuis lors ne méritait un grognement ou un frétillement.

M'adressant au cercle muet, je déclarai brusquement : « Vous savez de quoi vous avez l'air, tous autant que vous êtes ? Vous avez l'air d'avoir vu un fantôme... voilà ce que je pense ! Je me demande s'il y a un fantôme *ici* et si vous n'êtes pas les seuls à qui il se manifeste. » Les chiens continuaient à me regarder sans bouger...

Il faisait nuit lorsque je vis les phares de Lanrivain au carrefour et je n'en fus pas vraiment fâché. J'avais l'impression d'avoir échappé à l'endroit le plus solitaire de la terre entière et de ne pas apprécier la solitude – lorsqu'elle revêtait une telle intensité – autant que je le pensais. Mon ami avait invité son conseiller de Quimper : j'étais donc assis à côté d'un inconnu gros et affable et n'éprouvais pas l'envie de parler de Kerfol...

Le soir, au salon, lorsque Lanrivain et son conseiller se furent retirés dans le bureau, Madame de Lanrivain commença à me poser des questions.

« Alors... est-ce que vous allez acheter Kerfol ? » me demanda-t-elle, en levant gaiement le nez de sa broderie.

« Je n'ai pas encore pris de décision. A dire vrai, je n'ai pas pu entrer dans la maison », dis-je comme si j'avais simplement remis mon choix à plus tard et que j'avais l'intention de retourner la voir.

« Vous n'avez pas pu entrer ? Pourquoi, que s'est-il passé ? Les propriétaires sont vraiment pressés de vendre et le vieux gardien a reçu des ordres...

– Sans aucun doute, mais le vieux gardien n'était pas là.

– Quel dommage ! Il devait être au marché. Et sa fille... ?

– Il n'y avait personne. Du moins, je n'ai vu personne.

– C'est incroyable ! Vraiment personne ?

– Personne, sinon des chiens... toute une bande... qui semblaient livrés à eux-mêmes. »

Madame de Lanrivain laissa glisser sa broderie sur ses genoux et croisa les mains. Elle me regarda pensivement plusieurs minutes d'affilée.

« Une bande de chiens... vous les avez *vus* ?

– Si je les ai vus ? Je n'ai vu que ça !

– Combien étaient-ils ? Elle baissa un peu la voix. Je me suis toujours demandé... »

Je la regardai, surpris. Je croyais qu'elle connaissait la maison. « N'êtes-vous jamais allée à Kerfol ? » demandai-je.

« Oh, si, souvent. Mais jamais ce jour-là.

– Quel jour ?

– J'avais complètement oublié... et Hervé aussi, j'en suis certaine. Si nous nous en étions souvenus, nous ne vous y aurions jamais envoyé aujourd'hui... mais, après tout, on ne croit pas vraiment à ce genre de choses, n'est-ce pas ?

– Quel genre de choses ? » demandai-je, baissant involontairement la voix comme elle l'avait fait. Intérieurement, je me disais : « Je *savais* bien qu'il y avait quelque chose... »

Madame de Lanrivain s'éclaircit la voix et m'adressa un sourire rassurant. « Hervé ne vous a-t-il pas raconté l'histoire de Kerfol ? Un de ses ancêtres y a été mêlé. Vous savez, chaque maison bretonne possède son histoire de fantôme et certaines sont assez déplaisantes.

– Oui... mais ces chiens ?

– Eh bien, ces chiens sont les fantômes de Kerfol. Du moins, les paysans racontent-ils qu'un jour dans l'année, de nombreux chiens y apparaissent. Ce jour-là, le gardien et sa fille s'en vont à Morlaix et s'enivrent. En Bretagne, les femmes boivent énormément. » Elle se pencha pour assortir un brin de soie, puis releva son charmant visage de Parisienne curieuse. « Avez-vous *vraiment* vu beaucoup de chiens ? Il n'y en a pas un seul à Kerfol », dit-elle.

II

Le lendemain, Lanrivain alla dénicher un volume recouvert de vélin élimé au fond de la plus haute étagère de sa bibliothèque.

« Ah... le voilà. Comment s'appelle-t-il ? *Histoire des Assises du Duché de Bretagne. Quimper, 1702.* Le livre a été écrit quelque cent ans après l'affaire de Kerfol, mais je crois que le récit a été transcrit fidèlement d'après les annales judiciaires. Quoi qu'il en soit, c'est une lecture singulière. De plus, un certain Hervé de Lanrivain y est mêlé – pas tout à fait mon genre, comme vous le verrez, mais ce n'est qu'un parent collatéral. Tenez, montez le livre dans votre chambre. Je ne me souviens pas de tous les détails, mais je vous parie qu'après l'avoir lu, vous laisserez la lumière brûler toute la nuit. »

Je laissai la lumière brûler toute la nuit, comme il me l'avait prédit, mais essentiellement parce que ma lecture m'absorba presque jusqu'à l'aube. Le récit du procès d'Anne de Cornault, épouse du seigneur de Kerfol, était long et imprimé en petits caractères. Comme l'avait dit mon ami, c'était probablement la transcription presque littérale de ce qui s'était déroulé dans la salle du tribunal, et le procès avait duré près d'un mois. De plus, le livre était très mal imprimé...

J'avais tout d'abord pensé recopier le récit, mais il est plein de répétitions fastidieuses et le fil de l'histoire s'égare sans cesse dans des questions secondaires. J'ai donc essayé de le démêler et de lui donner une forme plus simple. Parfois, je suis tout de même revenu au texte, car d'autres mots auraient été incapables de communiquer avec autant d'exactitude ce que j'avais éprouvé à Kerfol, mais je n'ai rien ajouté de mon cru.

III

En l'an 16.., Yves de Cornault, seigneur du domaine de Kerfol, se rendit au pardon de Locronan pour accomplir ses devoirs religieux. Selon le témoignage de tous ses voisins, c'était un noble, riche et puissant, dans sa soixante-deuxième année, robuste et vigoureux, cavalier et chasseur excellent, d'une grande piété. Il était petit et de forte carrure, avec un visage basané, des jambes un peu arquées à cause de la selle, un nez tombant et des mains larges, couvertes de poils noirs. Il s'était marié jeune et avait perdu sa femme et son fils peu après. Depuis, il vivait seul à Kerfol. Deux fois par an, il allait à Morlaix, où il possédait une belle maison près de la rivière, et y passait une semaine ou dix jours. Parfois il allait à cheval jusqu'à Rennes pour ses affaires. Il se trouva des témoins pour déclarer que, au cours de ces absences, il menait une vie différente de celle qu'on lui connaissait à Kerfol, où il s'occupait de son domaine, assistait à la messe tous les jours, et avait pour seule distraction la chasse au sanglier et au gibier d'eau. Toutefois, ces rumeurs ne semblent pas très pertinentes, et il est certain que, parmi les nobles des environs, il passait pour un homme sévère et même austère, soucieux d'observer ses obligations religieuses et ne fréquentant personne. Aucun bruit ne courait sur une quelconque familiarité avec les femmes du domaine, bien qu'à cette époque, les nobles se permissent beaucoup de libertés avec les paysannes. Certains disaient qu'il n'avait jamais regardé une femme depuis la mort de son épouse, mais ce genre de choses est difficile à démontrer et les preuves à ce sujet sont de peu de valeur.

Donc, dans sa soixante-deuxième année, Yves de Cornault se rendit au pardon de Locronan, où il vit une jeune fille de Douarnenez, venue en croupe derrière son père faire ses dévotions au saint. Elle s'appelait Anne de Barrigan et descendait d'une bonne vieille famille bretonne, beaucoup moins grande et puissante, toutefois, que celle d'Yves de Cornault. Son père avait dilapidé sa fortune en jouant aux cartes et vivait presque comme un paysan dans son petit manoir de granit sur la lande... J'ai dit que je n'ajouterais rien à la simple exposition des faits de cette étrange affaire. Toutefois, je dois m'interrompre pour dépeindre la jeune fille qui se dirigeait à cheval vers le porche du cimetière de Locronan au moment précis où le baron de Cornault mettait pied à terre devant celui-ci. Ma description s'inspire d'une sanguine décolorée, suffisamment sobre et véridique pour être attribuée à l'un des derniers élèves des frères Clouet. Elle est accrochée dans le bureau de Lanrivain et c'est, dit-on, le portrait d'Anne de Barrigan. Elle n'est pas signée et comporte comme seule marque d'identification, les initiales A.B. et la date 16.., année qui suivit son mariage. Elle représente une jeune femme au visage petit et ovale, presque pointu, assez large cependant pour que s'y épanouisse une bouche aux lèvres pleines avec une tendre dépression aux commissures. Le nez est petit, et les sourcils assez hauts, nettement séparés, sont aussi légèrement tracés que dans une peinture chinoise. Le front est grand, sérieux et dégagé, et les cheveux, que l'on devine beaux, épais et blonds, sont coiffés comme un casque. Les yeux, ni grands ni petits, probablement noisette, possèdent un regard à la fois timide et ferme. La dame tient ses belles et longues mains croisées sous sa poitrine...

Le chapelain de Kerfol et d'autres témoins déclarèrent que, en revenant de Locronan, le baron sauta de son cheval, ordonna qu'un autre fût immédiatement sellé, pria un jeune page de l'accompagner et partit le soir même vers le sud. Son régisseur suivit le lendemain matin avec deux mulets chargés de coffres. La semaine suivante, Yves de

Cornault revint à Kerfol, fit quérir ses vassaux et ses métayers, et leur annonça qu'il allait épouser Anne de Barrigan de Douarnenez le jour de la Toussaint.

Et le mariage eut lieu le jour de la Toussaint.

Les témoignages des deux parties semblent concorder pour affirmer que le couple vécut heureux durant les quelques années qui suivirent. Il ne se trouva personne pour dire qu'Yves de Cornault avait été dur avec sa femme et il était clair pour tous que le marché lui convenait. Le chapelain et d'autres témoins de l'accusation admirent même que la jeune femme avait une influence lénifiante sur son mari et que celui-ci était devenu moins exigeant envers les métayers, moins rude avec les paysans et les domestiques et moins sujet aux accès de mutisme morose qui avaient assombri son veuvage. Quant à sa femme, la seule doléance que ses défenseurs pouvaient formuler concernait l'isolement de Kerfol et le fait que, lorsque son mari allait à Rennes ou à Morlaix pour ses affaires – il ne l'y emmenait jamais –, elle n'avait pas même le droit de se promener seule dans le parc. Cependant, personne n'affirma qu'elle était malheureuse, bien qu'une domestique ait déclaré l'avoir surprise en pleurs et l'avoir entendu dire qu'elle était maudite car elle n'avait pas d'enfant, ni rien en ce monde qu'elle pût considérer comme sien. Mais c'était un sentiment assez naturel pour une femme attachée à son mari et Yves de Cornault était certainement très peiné qu'elle ne lui ait pas donné de fils. Pourtant, il ne lui reprocha jamais de ne pas avoir d'enfants – elle l'avait admis dans sa déposition – et semble avoir essayé de lui faire oublier son malheur en la comblant de cadeaux et de faveurs. En dépit de sa fortune, il n'avait jamais été généreux, mais rien n'était trop beau pour son épouse : soieries, pierres précieuses, linge, ou tout autre objet qui lui faisait envie. Tous les colporteurs étaient accueillis à Kerfol et lorsque le maître s'absentait pour ses affaires, il ne revenait jamais de Morlaix, Rennes ou Quimper sans un beau cadeau pour sa femme – quelque chose de curieux et d'étonnant. Lors du contre-interrogatoire, l'une des femmes à son service donna une liste intéressante des présents d'une année, que je reproduis. De Morlaix, il rapporta une jonque en ivoire sculpté avec des rameurs chinois, dont un étrange marin voulait faire l'offrande à Notre Dame de la Clarté, au-dessus de Ploumanach ; de Quimper, une robe brodée confectionnée par les sœurs de l'Assomption ; de Rennes, une rose en argent qui s'ouvrait et dévoilait une vierge d'ambre avec une couronne de grenats ; de Morlaix encore, un métrage de velours de Damas strié de fils d'or, acheté à un Juif de Syrie ; et, de Rennes, pour la Saint-Michel de la même année, un collier ou un bracelet de pierres rondes – émeraudes, perles et rubis – enfilées sur une fine chaîne d'or. C'était le présent que la dame avait le plus apprécié, dit la domestique. Plus tard, lorsqu'il fut montré au procès, les juges et le public semblèrent frappés par sa valeur et son aspect inhabituel.

Cet hiver-là, le baron s'absenta de nouveau. Cette fois, il alla jusqu'à Bordeaux et rapporta à sa femme quelque chose de plus curieux et de plus joli encore que le bracelet. Il rentra à Kerfol un soir d'hiver, pénétra dans la salle et la trouva assise près de l'âtre, le menton dans la main, regardant le feu. Il portait une boîte recouverte de velours. Après l'avoir posée, il en souleva le couvercle et un petit chien brun doré en sortit.

Anne de Cornault laissa échapper un cri de joie en voyant le petit animal bondir vers elle. « Oh, on dirait un oiseau ou un papillon », s'exclama-t-elle en le soulevant. Le chien posa ses pattes sur ses épaules et la regarda avec yeux « de chrétien ». A compter de cet instant, elle ne voulut plus s'en séparer. Elle le câlinait et lui parlait comme à un enfant – en fait, elle ne devait rien connaître qui ressemblât davantage à un enfant. Yves de Cornault était très content de son acquisition. Le chien lui avait été apporté par un marin embarqué sur un navire marchand des Indes orientales. Il l'avait acheté dans un bazar de Jaffa, à un pèlerin qui l'avait volé en Chine à l'épouse d'un noble, chose tout à fait acceptable car le pèlerin était un chrétien et le Chinois un païen promis aux flammes de l'enfer. Il avait coûté une coquette somme à Yves de Cornault, car ces chiens commençaient à être recherchés à la cour de France et le matelot savait que ce qu'il avait déniché avait de la valeur. Toutefois, le plaisir d'Anne était si grand que, pour la voir rire et jouer avec le petit animal, son mari aurait certainement été prêt à payer deux fois plus cher.

Jusque-là, tous les témoignages concordaient et le récit progressait normalement ; mais maintenant, il devient plus difficile à mener. Je vais essayer de rester aussi fidèle que possible aux dépositions d'Anne, bien que, vers la fin, la pauvre femme...

Donc, pour revenir à l'histoire, l'année qui suivit l'arrivée du petit chien à Kerfol, Yves de Cornault fut trouvé mort une nuit d'hiver en haut d'une volée de marches qui menait des appartements de sa femme à une porte ouvrant sur la cour. Ce fut son épouse qui le découvrit et donna l'alarme. La pauvre était si égarée par la peur et l'horreur – elle était couverte de sang – que, tout d'abord, les domestiques réveillés ne comprirent rien à ce qu'elle disait et crurent qu'elle était soudain devenue folle. Mais il n'y avait pas de doute, là, en haut de l'escalier, son époux gisait, raide mort, la tête en avant et le sang de ses blessures tombant goutte à goutte sur les marches au-dessous de lui. Il avait été horriblement griffé et labouré au visage et à la gorge, comme par d'étranges armes pointues. Une profonde blessure à la jambe avait sectionné une artère et sans doute provoqué la mort. Comment était-il arrivé là et qui l'avait assassiné ?

Sa femme déclara qu'elle dormait dans son lit lorsqu'elle l'avait entendu crier. Elle s'était précipitée et l'avait trouvé étendu sur les marches. Ses dires furent immédiatement mis en doute. En premier lieu, il fut démontré que, de sa chambre, elle n'avait pas pu entendre la lutte dans l'escalier, en raison de l'épaisseur des murs et de la longueur du couloir. Ensuite, il était évident qu'elle n'était ni couchée ni endormie, car elle était habillée lorsqu'elle réveilla les domestiques et son lit n'était pas défait. De plus, la porte au bas des marches était ouverte et le chapelain (homme observateur) remarqua que la robe qu'elle portait était tachée de sang au niveau des genoux et qu'il y avait des traces de petites mains ensanglantées assez bas sur les murs de l'escalier, de sorte qu'on supposa qu'en fait elle se trouvait à la poterne au moment où son mari était tombé et que c'était en montant à tâtons vers lui sur les mains et les genoux qu'elle avait été inondée par son sang dégouttant sur elle. Bien entendu, la partie adverse soutint qu'elle avait fort bien pu tacher sa robe en s'agenouillant près de son mari, après s'être précipitée hors de sa chambre. Restaient toutefois la porte ouverte en bas et le fait que les traces de doigts dans l'escalier étaient toutes dirigées vers le haut.

Les deux premiers jours, l'accusée s'en tint à sa déposition, en dépit de son manque de vraisemblance. Le troisième jour, cependant, on lui apprit qu'un jeune noble des environs, Hervé de Lanrivain, avait été arrêté pour complicité. Là-dessus, deux ou trois témoins se présentèrent et déclarèrent qu'on savait dans tout le pays que Lanrivain avait autrefois entretenu de bonnes relations avec la dame de Cornault. Cependant, il avait quitté la Bretagne depuis plus d'un an et les gens avaient cessé d'associer leurs noms. Les témoins qui firent cette déposition n'avaient pas très bonne réputation. Le premier était un vieil herborisateur, suspecté de sorcellerie, le second un clerc ivrogne d'une paroisse voisine et le troisième un berger faible d'esprit à qui on pouvait faire dire ce qu'on voulait. Il était clair que l'accusation n'était pas satisfaite de ses arguments et aurait aimé trouver une preuve plus manifeste de la complicité de Lanrivain que la déclaration de l'herborisateur jurant l'avoir vu escalader le mur du parc la nuit du meurtre. A cette époque, l'un des moyens de remédier à la faiblesse des preuves consistait à exercer une pression, morale ou physique, sur l'accusé. On ne sait pas très bien quelle pression fut exercée sur Anne de Cornault, mais le troisième jour, lorsqu'elle fut présentée devant la cour, elle « semblait faible et égarée ». Après qu'on l'eut encouragée à se ressaisir et à dire la vérité, sur son honneur et sur les blessures de son Saint Sauveur, elle confessa qu'en réalité elle avait descendu les marches pour parler à Hervé de Lanrivain (qui nia tout en bloc) et que le bruit de la chute de son mari l'avait surprise à cet endroit. Voilà qui était mieux : l'accusation se frottait les mains. Son contentement s'accrut lorsque plusieurs domestiques vivant à Kerfol furent amenés à dire – avec une apparente sincérité – que durant l'année précédant sa mort, leur maître était redevenu imprévisible, irascible et sujet aux accès de silence morose que les gens du domaine avaient appris à redouter avant son second mariage. Cela semblait montrer que tout n'allait pas pour le mieux à Kerfol, bien qu'on ne trouvât personne pour prétendre qu'il existât des signes visibles de désaccord entre les époux.

Lorsqu'on demanda à Anne de Cornault pourquoi elle était descendue, la nuit, ouvrir la porte à Hervé de Lanrivain, la réponse qu'elle donna dut faire sourire la cour. Elle dit qu'elle se sentait seule et voulait parler au jeune homme. Etait-ce la seule raison ? lui fut-il demandé. Elle répondit : « Oui, je le jure sur la croix accrochée au-dessus de la tête de Messieurs les Juges. » « Mais pourquoi à minuit ? » demanda la cour. « Parce que c'était la seule façon de le voir. » J'imagine les magistrats échangeant des regards par-dessus leurs cols d'hermine, sous le crucifix.

A la question suivante, Anne de Cornault répondit que, depuis qu'elle était mariée, elle menait une vie extrêmement solitaire: «désolée» fut le mot qu'elle employa. Elle reconnaissait que son mari lui parlait rarement avec dureté, mais il y avait des jours où il ne lui parlait pas du tout. Elle reconnaissait qu'il ne l'avait jamais ni battue ni menacée, mais il la retenait à Kerfol comme une prisonnière. Lorsqu'il partait pour Morlaix, Quimper ou Rennes, il la faisait surveiller de si près qu'elle ne pouvait cueillir une fleur dans le jardin sans avoir une domestique sur ses talons. «Je ne suis pas une reine et je n'ai pas besoin de tels honneurs», dit-elle un jour à son mari. Il répondit qu'un homme qui possède un trésor ne laisse pas la clé dans la serrure lorsqu'il s'absente. «Alors, emmenez-moi avec vous», le pressa-t-elle. A cela, il répondit que les villes étaient des lieux de perdition et qu'une jeune épouse était bien mieux dans son foyer.

«Que vouliez-vous dire à Henri de Lanrivain?» demanda la cour. Elle répondit: «Lui demander de m'emmener.

– Ah... vous reconnaissez que vous aviez des pensées adultères en descendant lui ouvrir?

– Non.

– Alors, pourquoi vouliez-vous qu'il vous emmène?

Parce que j'avais peur pour ma vie.

– De qui aviez-vous peur?

– De mon mari.

– Pourquoi aviez-vous peur de votre mari?

– Parce qu'il avait étranglé mon petit chien.»

Un nouveau sourire avait dû se lire sur les visages dans la salle du tribunal: à une époque où les nobles avaient le droit de pendre leurs paysans – et la plupart l'exerçait –, serrer la gorge d'un animal de compagnie ne méritait pas tant d'histoires.

A ce moment, l'un des juges, qui semble avoir éprouvé une certaine compassion pour l'accusée, proposa qu'elle fût autorisée à s'expliquer. Elle fit alors la déclaration suivante.

Les premières années de son mariage s'étaient

déroulées dans la solitude, mais son mari n'avait pas été dur avec elle. Si elle avait eu un enfant, elle n'aurait pas été malheureuse, mais les journées étaient longues et il pleuvait trop souvent.

Il était vrai que chaque fois que son mari partait et la laissait seule, il revenait toujours avec un beau cadeau, mais cela ne compensait pas la solitude. Rien n'y était parvenu jusqu'à ce qu'il lui rapportât le petit chien marron venant d'Orient : à partir de ce jour-là, elle fut beaucoup moins malheureuse. Son mari semblait ravi qu'elle aimât tant le petit animal. Il lui donna la permission de l'avoir toujours près d'elle et de lui passer le bracelet de pierres précieuses autour du cou.

Un jour, elle s'était endormie dans sa chambre, le chien à ses pieds selon son habitude. Ses pieds nus reposaient sur le dos du petit animal. Soudain, elle fut réveillée par son mari : il était debout à côté d'elle, un sourire sans malveillance aux lèvres.

« Vous ressemblez à mon arrière-grand-mère, Juliane de Cornault, qui gît dans la chapelle, ses pieds reposant sur un petit chien », dit-il.

La comparaison lui donna le frisson mais elle rit et répondit : « Eh bien, lorsque je mourrai, il faudra me placer à côté d'elle, sculptée dans le marbre, mon chien à mes pieds.

– Oh... nous verrons bien », dit-il en riant aussi, mais en fronçant ses sourcils noirs. « Le chien est le symbole de la fidélité.

– Et vous doutez de mon droit à reposer, mon chien à mes pieds ?

– Si j'en doute, j'en aurai le cœur net », répondit-il. Il ajouta : « Je suis un vieil homme et les gens disent que je vous fait mener une vie solitaire, mais je jure que vous aurez votre monument si vous le méritez.

– Et je jure d'être fidèle, ne serait-ce que pour avoir mon petit chien à mes pieds », répondit-elle.

Peu de temps après, il alla aux assises de Quimper pour affaires. Pendant son absence, sa tante, veuve d'un puissant noble du duché, s'arrêta une nuit à Kerfol alors qu'elle se rendait au pardon de Sainte-Barbe. C'était une femme pieuse et importante, très respectée d'Yves de Cornault, et lorsqu'elle proposa à Anne de l'accompagner à Sainte-Barbe, personne ne put s'y opposer. Le chapelain lui-même se prononça en faveur du pèlerinage. Anne se mit donc en route pour Sainte-Barbe, où, pour la première fois, elle parla à Hervé de Lanrivain. Il était venu une ou deux fois à Kerfol avec son père, mais elle n'avait jusqu'alors pas échangé plus d'une dizaine de mots avec lui. Cette fois encore, ils ne parlèrent pas plus de cinq minutes : ils étaient sous les châtaigners tandis que la procession sortait de la chapelle. Il lui dit : « Je vous plains », et cela la surprit, car elle n'avait pas imaginé que quiconque pût avoir pitié d'elle. Il ajouta : « Faites-moi appeler si vous avez besoin de moi ». Elle eut un petit sourire, mais, plus tard, cela lui fit plaisir et elle pensa souvent à leur rencontre.

Elle reconnut l'avoir vu trois fois par la suite, pas plus. Elle ne voulut dire ni où ni comment – on avait l'impression qu'elle avait peur de compromettre quelqu'un. Leurs rencontres avaient été rares et brèves. Lors de la dernière, il lui avait annoncé qu'il partait le lendemain à l'étranger, pour une mission qui n'était pas sans danger et risquait de le retenir de nombreux mois. Il lui demanda un souvenir et elle n'avait rien à lui donner sinon le collier ornant le cou du petit chien. Elle regretta ensuite de lui en avoir fait présent, mais il était si malheureux de partir qu'elle n'avait pas eu le courage de refuser.

Son mari était absent. Lorsqu'il rentra, quelques jours plus tard, il souleva le petit animal pour le caresser et remarqua que son collier avait disparu. Son épouse lui dit que le chien l'avait perdu dans les broussailles du parc et qu'elle et les domestiques l'avait cherché une journée entière. Elle expliqua à la cour qu'elle avait réellement fait chercher le collier aux domestiques – elles croyaient toutes que le chien l'avait perdu dans le parc...

Son mari ne fit aucun commentaire et ce soir-là, au souper, il était comme à son habitude entre la bonne et la mauvaise humeur. Comme toujours, il était impossible de savoir laquelle l'emportait. Il parlait beaucoup, décrivait ce qu'il avait fait et vu à Rennes, mais, de temps à autre, il s'arrêtait et la regardait durement. En montant se coucher, elle trouva le petit chien étranglé sur son oreiller. La pauvre bête était morte, mais son corps était encore chaud. Elle se pencha pour le soulever et son chagrin vira à l'horreur en découvrant que le collier donné à Lanrivain, enroulé deux fois autour de sa gorge, avait servi à l'étrangler.

A l'aube du matin suivant, elle enterra le chien dans le jardin et cacha le collier dans son sein. Elle ne dit rien à son mari, ni le jour même ni plus tard, et il ne lui dit rien. Ce jour-là, toutefois, il fit pendre un paysan qui avait volé un fagot dans le parc et, le lendemain, il battit presque à mort un jeune cheval qu'il dressait.

L'hiver s'installa. Les brèves journées et les longues nuits s'écoulaient, une à une, sans aucune nouvelle d'Hervé de Lanrivain. Son mari l'avait peut-être tué, ou encore le collier lui avait simplement été dérobé. Jour après jour, assise au coin du feu avec les fileuses, nuit après nuit, seule dans son lit, elle s'interrogeait et tremblait. Parfois, à table, son mari la regardait et souriait ; elle était alors persuadée que Lanrivain était mort. Elle n'osait pas tenter d'obtenir de ses nouvelles, car elle était certaine que son mari le saurait : elle avait le sentiment qu'il pouvait tout savoir. Lorsqu'une sorcière, voyante célèbre capable de vous montrer le monde entier dans sa boule de cristal, vint chercher refuge au château pour la nuit, toutes les domestiques se pressèrent autour d'elle, mais Anne se tint à l'écart.

L'hiver fut long, sombre et pluvieux. Un jour, en l'absence d'Yves de Cornault, des bohémiens vinrent à Kerfol avec des chiens savants. Anne acheta le plus petit et le plus malin, un chien blanc au poil duveteux avec un œil bleu et l'autre brun. Il semblait avoir été maltraité par les bohémiens et s'accrocha à elle en geignant lorsqu'elle l'emmena. Son mari revint le soir même et, en montant se coucher, elle trouva l'animal étranglé sur son oreiller.

Après cela, elle se dit qu'elle n'aurait plus jamais de chien. Mais un soir, par un froid glacial, on trouva un pauvre lévrier très maigre qui gémissait devant la grille du château. Elle l'introduisit dans la maison et interdit aux domestiques d'en parler à son mari. Elle le dissimula dans une pièce où personne n'entrait, lui donna en cachette une partie de son repas, lui fit une couche douillette et le câlina comme un enfant.

Yves de Cornault rentra chez lui et le lendemain elle trouva le lévrier étranglé sur son oreiller. Elle pleura en secret, mais ne dit rien et décida que, même si elle rencontrait un chien mourant de faim, jamais elle ne l'emmènerait au château. Pourtant, un jour, elle trouva un jeune chien de berger, un chiot moucheté aux bons yeux bleus, allongé avec une patte cassée dans la neige du parc. Yves de Cornault était à Rennes et elle fit entrer le chien, le réchauffa et le nourrit, banda sa patte et le cacha dans le château. La veille du retour de son mari, elle le donna à une paysanne qui vivait loin de la maison et la paya généreusement pour qu'elle le soignât et se tût. Mais le soir même, elle entendit gémir et gratter à la porte. Lorsqu'elle ouvrit, le chiot éclopé, trempé et frissonnant, bondit sur elle avec de petits jappements qui ressemblaient à des sanglots. Elle le cacha dans son lit et, le lendemain matin, elle était sur le point de le faire reconduire chez la paysanne lorsqu'elle entendit son mari pénétrer dans la cour. Elle enferma le chien dans un coffre et descendit l'accueillir. Une heure ou deux plus tard, elle retourna dans sa chambre et trouva le chiot étranglé sur son oreiller...

Après cela, elle n'osa plus s'attacher au moindre chien. Sa solitude devint presque intolérable. Parfois, lorsqu'elle traversait la cour du château et pensait que personne ne la regardait, elle s'arrêtait pour flatter le vieux chien d'arrêt à la grille. Un jour cependant, tandis qu'elle le caressait, son mari sortit de la chapelle. Le lendemain, le vieux chien avait disparu...

Ce curieux récit s'étala sur plusieurs audiences de la cour et ne manqua pas de susciter une certaine impatience et des commentaires incrédules. Visiblement, les juges furent surpris de sa puérilité et il ne servit pas l'accusée aux yeux du public. C'était une histoire étrange, mais que prouvait-elle ? Que Yves de Cornault n'aimait pas les chiens et que son épouse, pour satisfaire son caprice, s'obstinait à faire fi de son aversion. Quant à invoquer ce désaccord insignifiant comme excuse pour ses relations – quelle que fût leur nature – avec son complice présumé, l'argument était si absurde que son propre avocat regrettait manifestement de l'avoir laissée s'en servir et essaya à plusieurs reprises d'interrompre son récit. Mais elle alla jusqu'au bout, avec une sorte d'insistance hypnotique, comme si les scènes qu'elle évoquait lui semblaient si réelles qu'elle avait oublié où elle se trouvait et les revivait en imagination.

Finalement, le juge qui avait fait preuve auparavant d'une certaine bienveillance à son égard dit (on l'imagine se penchant un peu en avant et se détachant ainsi du rang de ses collègues somnolents) : « Ainsi, vous voudriez nous faire croire que vous avez tué votre mari parce qu'il ne voulait pas que vous ayez de chien ?

– Je n'ai pas tué mon mari.

– Alors, qui l'a fait ? Hervé de Lanrivain ?

– Non.

– Qui alors ? Pouvez vous le dire ?

– Oui. Ce sont les chiens... » C'est alors qu'elle s'évanouit et fut évacuée de la salle du tribunal.

IV

Son avocat essaya manifestement de lui faire abandonner ce plan de défense. L'explication, quelle qu'elle fût, lui avait peut-être semblé convaincante lorsque Anne la lui avait donnée dans la fièvre de leur premier entretien en privé. Maintenant qu'elle était exposée à la froide lumière de l'enquête judiciaire et qu'elle devenait la risée de la ville, il en éprouvait une honte indicible et aurait sacrifié sans scrupule sa cliente afin de sauver sa réputation professionnelle. Toutefois, le juge, dans son obstination – après tout, il était peut-être plus curieux que bienveillant – voulait à l'évidence entendre toute l'histoire et, le lendemain, on lui ordonna de poursuivre sa déposition.

Elle raconta qu'après la disparition du vieux chien de garde, il ne se passa rien de particulier durant un ou deux mois. Son mari était semblable à lui-même : elle ne se rappelait aucun incident notable. Un soir, cependant, une colporteuse vint au château pour vendre des colifichets aux domestiques. Elle n'avait pas le cœur à en acheter, mais elle regarda les femmes faire leur choix. Alors, sans qu'elle sût comment, la colporteuse, à force de câjoleries, lui fit acheter un médaillon en forme de poire qui dégageait un puissant parfum – elle avait vu un jour quelque chose d'approchant sur une bohémienne. Le médaillon ne lui faisait pas du tout envie et elle ne savait pas pourquoi elle l'avait acheté. La colporteuse lui affirma que celui qui le portait avait le pouvoir de connaître l'avenir. Elle ne le croyait pas vraiment et cela ne l'intéressait d'ailleurs pas outre mesure. Néanmoins, elle l'acheta, monta s'asseoir dans sa chambre et le tourna en tous sens. Attirée par l'étrange parfum, elle commença à se demander quel genre d'épice contenait la boîte. Elle l'ouvrit et trouva une fève grise enroulée dans une bande de papier. Sur le papier, elle vit un signe qu'elle connaissait : c'était un message de Hervé de Lanrivain l'informant qu'il était de retour et qu'il serait à la porte de la cour le soir même, dès que la lune aurait disparu...

Elle brûla le papier et s'assit pour réfléchir. La nuit tombait et son mari était à la maison... Elle ne disposait d'aucun moyen pour prévenir Lanrivain et elle ne pouvait rien faire, sinon attendre...

J'imagine qu'à ce moment, la salle du tribunal assoupie commença à se réveiller. Même le magistrat le plus aguerri dut éprouver un certain plaisir à imaginer les sentiments d'une femme recevant un tel message à la tombée de la nuit, de la part d'un homme vivant à vingt miles qu'elle n'avait aucun moyen de prévenir...

Je suppose qu'elle n'était pas très astucieuse. Premier résultat de ses réflexions, elle semble avoir commis ce soir-là l'erreur d'être trop gentille avec son mari. Il lui était impossible de l'enivrer, selon le procédé classique, car, s'il lui arrivait parfois de boire beaucoup, il avait la tête solide : lorsqu'il buvait plus que de raison, c'était parce qu'il en avait décidé ainsi et non parce qu'une femme l'avait entraîné. Et de toute manière, pas sa femme : elle ne l'intéressait plus depuis longtemps. En lisant le compte rendu du procès, j'ai l'impression qu'il n'éprouvait plus aucun sentiment pour elle, hormis la haine suscitée par son déshonneur présumé.

Quoi qu'il en soit, elle tenta d'avoir recours à ses charmes d'antan, mais, dès le début de la soirée, il se plaignit de douleurs et de fièvre, quitta la salle et monta dans le bureau où il dormait parfois. Sa domestique lui apporta une tasse de vin chaud et redescendit en disant qu'il dormait et ne voulait pas être dérangé. Une heure plus tard, Anne souleva la tenture, mit l'oreille contre la porte et l'entendit respirer fort et régulièrement. Pensant qu'il pouvait s'agir d'une ruse, elle demeura un long moment pieds nus dans le couloir, mais la respiration de son mari était trop naturelle et trop régulière pour ne pas appartenir à un homme profondément endormi. Rassurée, elle retourna à pas de loup dans sa chambre et se tint devant la fenêtre pour regarder la lune disparaître derrière les branches des arbres. Aucune étoile ne brillait dans le ciel brumeux et, une fois la lune disparue, il fit nuit noire. Elle comprit que le moment était venu, se glissa dans le couloir, passa devant la porte de son mari – où elle s'immobilisa encore une fois pour écouter sa respiration – et parvint en haut des marches. Elle s'arrêta un moment pour s'assurer que personne ne la suivait, puis elle commença à descendre l'escalier tournant dans l'obscurité. Il était si raide qu'elle progressait très lentement, craignant de faire un faux pas. Elle n'avait qu'une seule idée en tête : déverrouiller la porte, dire à Lanrivain de s'enfuir et rentrer au plus vite dans sa chambre. Elle avait actionné le verrou plus tôt dans la soirée et avait réussi à le graisser un peu. Malgré cela, il grinça lorsqu'elle le tira... pas très fort, mais son cœur bondit dans sa poitrine et, l'instant suivant, elle entendit un bruit au-dessus de sa tête...

« Quel bruit ? interrompit l'accusation.

– La voix de mon mari criant mon nom et me maudissant.

– Qu'avez-vous entendu ensuite ?

– Un hurlement épouvantable et le bruit d'une chute.

– Où se trouvait Hervé de Lanrivain à cet instant ?

– Il était dehors dans la cour. Je le distinguai à peine dans l'obscurité. Je lui dis : "Partez, pour l'amour du ciel", et refermai la porte.

– Qu'avez-vous fait ensuite ?

– Je suis restée en bas de l'escalier pour écouter.

– Et qu'avez-vous entendu ?

– J'ai entendu des chiens gronder et haleter.

(Découragement manifeste de la cour, ennui du public et exaspération de l'avocat de la défense. Encore des chiens... ! Mais le juge curieux insista.)

– Quels chiens ? »

Elle baissa la tête et parla si bas qu'il fallut lui demander de répéter sa réponse : « Je ne sais pas.

– Comment cela... vous ne savez pas ?
– Je ne sais pas quels chiens... »
Le juge intervint de nouveau : « Essayez de nous dire exactement ce qui s'est produit. Combien de temps êtes-vous restée au pied de l'escalier ?
– Quelques minutes seulement.
– Et que se passait-il pendant ce temps au-dessus de votre tête ?
– Les chiens continuaient à gronder et à haleter. Une fois ou deux, il a crié. Je crois qu'il a aussi poussé un gémissement. Puis il s'est tu.
– Que s'est-il passé alors ?
– J'ai entendu un bruit qui ressemblait à celui d'une meute lorsqu'on lui envoie un loup... des claquements de langue et de mâchoires.
(Un murmure de dégoût et de répulsion parcourut le tribunal et l'avocat affolé tenta une nouvelle fois d'intervenir. Mais la curiosité du juge n'était pas encore assouvie.)
– Et pendant tout ce temps vous n'êtes pas montée ?
– Si... je suis montée...pour les chasser.
– Les chiens ?
– Oui.
– Et alors... ?
– Lorsque je suis arrivée là-haut, il faisait nuit noire. J'ai trouvé le briquet à silex de mon mari et l'ai battu. Je vu mon mari étendu. Il était mort.
– Et les chiens ?
– Les chiens étaient partis.
– Partis... où cela ?
– Je ne sais pas. Il n'y avait pas d'issue... et il n'y avait pas de chiens à Kerfol. »
Elle se redressa de toute sa taille, projeta ses bras au-dessus de sa tête et tomba sur le sol de pierre en poussant un long hurlement. Il y eut un moment de confusion dans la salle du tribunal. On entendit l'un des magistrats dire : « Ce cas est manifestement du ressort des autorités ecclésiastiques »... et l'avocat de la

prisonnière sauta certainement sur cette proposition.

Après quoi, le procès se perdit dans un dédale de questions et de querelles. Tous les témoins appelés à la barre confirmèrent la déposition d'Anne de Cornault selon laquelle il n'y avait pas de chiens à Kerfol : il n'y en avait plus depuis plusieurs mois. Le maître de maison s'était mis à détester les chiens, on ne pouvait le nier. D'autre part, durant l'enquête, on avait longuement et âprement discuté de la nature de ses blessures. L'un des chirurgiens appelés à témoigner avait parlé de marques ressemblant à des morsures. L'allusion à la sorcellerie refit surface et les avocats des parties adverses se lancèrent des volumes de nécromancie au visage.

Finalement, on ramena Anne de Cornault devant la cour – toujours à la demande du même juge – et on lui demanda si elle savait d'où pouvaient venir les chiens dont elle avait parlé. Le juge posa alors une ultime question : « Si les chiens que vous avez cru entendre vous étaient familiers, pensez-vous que vous les auriez reconnus à leurs aboiements ?

– Oui.

– Les avez-vous reconnus ?

– Oui.

– De quels chiens croyez-vous qu'il s'agissait ?

– De mes chiens morts », dit-elle dans un murmure...

Elle fut emmenée hors de la salle et n'y reparut plus. Il y eut un semblant d'enquête de l'église. Le procès se termina sur un désaccord des juges entre eux et avec le comité ecclésiastique. Anne de Cornault fut finalement confiée à la garde de la famille de son mari qui l'enferma dans le donjon de Kerfol où, dit-on, elle mourut bien des années plus tard, folle et inoffensive.

Ainsi s'achève son histoire. Quant à celle d'Hervé de Lanrivain, je n'eus qu'à interroger son descendant collatéral. Les preuves contre le jeune homme étant insuffisantes et l'influence de sa famille considérable dans le duché, il fut libéré et partit peu après pour Paris. Il n'était sans doute pas d'humeur à mener une vie mondaine et semble être tombé presque immédiatement sous l'influence du célèbre M. Arnauld d'Andilly et des gentilshommes de Port Royal. Un ou deux ans plus tard, il fut reçu dans leur ordre, et, sans se distinguer en aucune manière, il lui resta fidèle dans les bons comme dans les mauvais moments, jusqu'à sa mort quelque vingt ans plus tard. Lanrivain me montra un portrait de lui par un élève de Philippe de Champaigne : yeux tristes, bouche impulsive et front étroit. Pauvre Hervé de Lanrivain : ce fut une fin bien morne. Pourtant, en contemplant son teint cireux et sa silhouette raide dans la robe sombre des jansénistes, je me pris presque à envier son destin. Après tout, il lui était arrivé deux choses importantes au cours de sa vie : il avait vécu un amour romanesque et avait certainement rencontré Pascal...

Le triomphe de la nuit

À l'évidence, le traîneau de Weymore n'était pas là. Le jeune voyageur de Boston, frissonnant de froid, qui avait compté sauter dedans en descendant du train à la gare de Northridge, se retrouva seul sur le quai, exposé aux assauts répétés de l'hiver et de la nuit tombante.

Le vent contre lequel il luttait venait des champs de neige et des forêts figées dans la glace du New Hampshire. Il paraissait avoir traversé des lieues et des lieues de silence gelé, les peuplant d'un rugissement glacial et aiguisant sa force dans un froid paysage en noir et blanc. Sombre, pénétrant, tranchant comme le fil d'une épée, il étouffait et harcelait successivement sa victime, comme un torero faisant tantôt tournoyer sa cape, tantôt plantant ses banderilles. Cette comparaison rappela au jeune homme que lui-même ne portait pas de cape et que le pardessus avec lequel il avait affronté l'air relativement tempéré de Boston ne semblait pas plus épais qu'une feuille de papier sur les hauteurs désolées de Northridge. George Faxon se dit que l'endroit portait singulièrement bien son nom. Il était accroché à une saillie très exposée au-dessus de la vallée d'où était monté le train, et le vent le brossait comme les dents d'acier d'un peigne, au point que

Faxon avait l'impression de les entendre crisser sur les murs de planches de la gare. Il n'y avait pas d'autre bâtiment : le village était situé beaucoup plus bas sur la route et, le traîneau de Weymore n'étant pas là, Faxon se voyait dans l'obligation d'avancer péniblement dans la neige épaisse de plusieurs pieds.

Il comprenait assez bien ce qui s'était passé : son hôtesse avait oublié qu'il arrivait. En dépit de sa jeunesse, Faxon avait acquis une triste lucidité à la lumière de l'expérience et il savait que les visiteurs qui sont le moins en mesure de payer une course en voiture sont presque toujours ceux que leurs hôtes oublient d'aller chercher. Toutefois, supposer que Mrs Culme l'avait oublié était une manière trop grossière de dire les choses. Des incidents comparables lui donnaient à penser qu'elle avait probablement demandé à la femme de chambre de dire au maître d'hôtel de téléphoner au cocher pour qu'il dise à l'un des palefreniers (si personne d'autre n'avait besoin de lui) d'aller à Northridge chercher le nouveau secrétaire. Mais par une nuit comme celle-ci, tout palefrenier conscient de ses droits ne pouvait qu'oublier un tel ordre.

Il ne restait plus à Faxon qu'à affronter les rafales pour atteindre le village et y dénicher un traîneau qui l'emmènerait à Weymore. Mais qu'adviendrait-il si, à son arrivé chez Mrs Culme, personne ne pensait à lui demander ce que son sens du devoir lui avait coûté ? C'était, là encore, une éventualité qu'il avait appris à ses dépens à redouter. La clairvoyance acquise en de pareilles circonstances lui souffla qu'il serait moins onéreux de passer la nuit à l'auberge de Northridge et de prévenir Mrs Culme de sa présence par téléphone. Il venait d'arriver à cette conclusion et était sur le point de confier ses bagages à un individu portant une lanterne, lorsqu'un bruit de clochettes lui fit reprendre espoir.

Deux traîneaux filaient vers la gare. Du premier, bondit un jeune homme emmitouflé dans des fourrures.

« Weymore ? Non, ce ne sont pas les traîneaux de Weymore. »

La voix appartenait au jeune homme qui avait sauté sur le quai – une voix si agréable que, en dépit des mots prononcés, elle sonna de manière apaisante aux oreilles de Faxon. Au même moment, la lanterne ambulante de la gare éclaira fugitivement l'homme qui avait parlé et fit apparaître des traits en complète harmonie avec la voix. Il était très blond et très jeune – à peine 20 ans, songea Faxon – mais son visage, bien que rayonnant d'une fraîcheur matinale, était un peu trop maigre et trop fin comme si, en lui, un esprit vif tentait de surmonter la fatigue due à une faiblesse physique. Faxon était peut-être d'autant plus prompt à remarquer un équilibre aussi précaire que sa propre personnalité reposait sur des nerfs un peu fragiles qui cependant, pensait-il, ne lui feraient jamais vraiment franchir les limites d'une sensibilité normale.

« Vous attendiez un traîneau de Weymore ? » continua le nouveau venu qui, debout à côté de Faxon, ressemblait à une mince colonne de fourrure.

Le secrétaire de Mrs Culme lui expliqua son embarras et son interlocuteur répondit par un dédaigneux : « Oh, *Mrs Culme !* » qui fit accomplir aux deux jeunes gens un grand pas sur le chemin d'une mutuelle compréhension.

« Mais alors, vous devez être... » Le jeune homme s'interrompit avec un sourire interrogateur.

« Le nouveau secrétaire ? Oui, mais apparemment il n'y a pas de courrier urgent ce soir. » Le rire de Faxon renforça le sentiment de solidarité qui s'était si rapidement instauré entre les deux jeunes gens.

Son ami se mit aussi à rire. « Mrs Culme, expliqua-t-il, a déjeuné chez mon oncle aujourd'hui et a dit que vous deviez arriver ce soir. Mais sept heures se sont écoulées, ce qui est beaucoup pour la mémoire de Mrs Culme.

– Eh bien, dit Faxon, philosophe, c'est sans

doute une des raisons pour lesquelles elle a besoin d'un secrétaire. Il me reste toujours l'auberge de Northridge », conclut-il.

« Ah, mais non ! Elle a brûlé la semaine dernière.

– C'est bien ma chance », dit Faxon, mais il fut frappé par la drôlerie de la situation avant d'en mesurer le désagrément. Depuis des années, sa vie avait surtout consisté à s'adapter avec résignation aux circonstances et il avait appris, avant de s'intéresser au côté pratique de ses ennuis, à tirer de la plupart d'entre eux un peu de divertissement.

« Oh, je trouverai bien quelqu'un là-bas qui m'hébergera pour la nuit.

– Personne avec qui vous pourriez vous entendre. De plus, Northridge est à trois miles alors que notre maison est un peu moins loin, dans la direction opposée. » Dans l'obscurité, Faxon vit son ami esquisser un geste pour se présenter. « Je m'appelle Frank Rainer et j'habite chez mon oncle à Overdale. Je suis venu chercher deux de ses amis qui devraient arriver de New York dans quelques minutes. Si vous voulez bien les attendre, je suis sûr qu'Overdale vous conviendra mieux que Northridge. Nous ne sommes ici que pour quelques jours, mais la maison est toujours prête à accueillir beaucoup de monde.

– Mais, votre oncle... ? » Faxon ne trouva pas d'autre objection et, dans son embarras, il avait l'étrange sentiment que celle-ci serait miraculeusement dissipée par les prochaines paroles de son ami invisible.

« Oh, mon oncle... vous verrez ! J'en réponds ! Sans doute avez-vous entendu parler de lui... John Lavington ? »

John Lavington ! Il y avait une ironie certaine à demander si on avait entendu parler de John Lavington ! Même d'un poste d'observation aussi obscur que celui du secrétaire de Mrs Culme, la réputation de John Lavington, sa fortune, ses tableaux, ses opinions politiques, ses œuvres de bienfaisance et son hospitalité, étaient aussi difficiles à ignorer que le grondement d'une cascade dans la solitude des montagnes. On aurait presque pu dire que, s'il existait un endroit où on ne s'attendait pas à le rencontrer, c'était bien le lieu désert où se trouvaient les deux jeunes gens – du moins en cette heure de grand isolement. Toutefois, cela correspondait bien à la brillante ubiquité de Lavington de tromper son monde, même ici.

« Oh, oui, j'ai entendu parler de votre oncle.

– Alors, vous venez, n'est-ce pas ? Il ne reste que cinq minutes à attendre », insista le jeune Rainer d'un ton qui dissipait les scrupules en les ignorant, et Faxon se vit accepter l'invitation aussi simplement qu'elle avait été offerte.

Le retard du train de New York prolongea leur attente de dix minutes. Tandis qu'ils arpentaient le quai gelé, Faxon commença à comprendre pourquoi il lui avait paru tellement naturel d'accepter la proposition de son nouvel ami. Frank Rainer faisait partie de ces êtres privilégiés qui simplifient les relations entre les gens par l'atmosphère de confiance et de bonne humeur qu'ils dégagent. Faxon remarqua qu'il produisait cette impression sans avoir recours à d'autres dons que sa jeunesse ni à d'autres arts que sa sincérité. Ces qualités s'illustraient par un sourire d'une telle douceur que Faxon ressentit, comme jamais auparavant, ce que la nature peut accomplir lorsqu'elle daigne harmoniser le visage et l'esprit.

Il apprit que le jeune homme était le pupille et le seul neveu de John Lavington et qu'il vivait sous son toit depuis la mort de sa mère, sœur du grand homme. Mr Lavington, dit Rainer, avait été « vraiment chic » avec lui... « Mais il l'est avec tout le monde, vous savez »... et la situation du jeune homme semblait effectivement correspondre parfaitement à sa personne. Apparemment, la seule ombre qu'il eût jamais senti planer sur lui provenait de la faiblesse physique que Faxon avait déjà décelée. Le jeune Rainer souffrait de tuberculose et la maladie était si avancée que, selon les plus grandes autorités médicales, l'exil en Arizona ou au Nouveau Mexique était inévitable. « Par bonheur, mon oncle ne m'a pas expédié là-bas, comme l'auraient fait la plupart des gens, sans demander un autre avis. A qui ? Oh, à un type vraiment intelligent, un jeune médecin plein d'idées nouvelles, qui s'est contenté de rire à l'idée de m'envoyer au loin et a dit que je me remettrais très bien à New York si je ne dînais pas trop souvent en ville et si je filais de temps en temps à Northridge pour respirer un peu le bon air. Ainsi, c'est vraiment grâce à mon oncle si je ne suis pas exilé... et je me sens infiniment mieux depuis que ce type m'a dit de ne pas m'inquiéter. » Le jeune Rainer avoua ensuite qu'il adorait les dîners en ville, les soirées dansantes et les distractions de cet ordre. En l'écoutant, Faxon avait tendance à penser que le médecin qui avait refusé de le priver complètement de ces plaisirs était probablement meilleur psychologue que ses aînés.

« Tout de même, vous devriez être prudent, vous savez. » Un sentiment proche de la préoccupation d'un frère aîné pour son cadet lui avait fait prononcer ces mots et prendre le bras de Frank Rainer.

Celui-ci répondit à son geste par une pression affectueuse.

« Oh, je le *suis*, terriblement même. Et d'ailleurs mon oncle me surveille de très près !

– Si votre oncle vous surveille de si près, comment accepte-t-il que vous soyez là à vous geler les os dans ce paysage sibérien ? »

Rainer releva son col de fourrure d'un geste insouciant. « Ce n'est pas le problème... le froid est bon pour moi.

– Ce ne sont pas non plus les dîners et la danse ? Qu'est-ce donc, alors ? » Faxon insistait avec bonhomie. Son compagnon lui répondit en riant : « Eh bien, mon oncle dit que c'est l'ennui, et j'ai tendance à penser qu'il a raison ! »

Son rire se termina dans une quinte de toux et un effort pour reprendre sa respiration, ce qui incita Faxon, qui tenait toujours son bras, à le mener en hâte à l'abri dans la salle d'attente non chauffée.

Le jeune Rainer se laissa tomber sur un banc placé contre le mur et enleva l'un de ses gants de fourrure pour prendre un mouchoir. Il repoussa sa casquette et passa le mouchoir sur un front d'une extrême blancheur où perlait la transpiration, alors que son visage gardait sa bonne mine. Cependant, le regard de Faxon restait rivé sur la main qu'il avait dégantée : elle était longue, incolore, décharnée et beaucoup plus vieille que le front qu'elle avait essuyé.

« C'est étrange... un visage bien portant et des mains de mourant », songea le secrétaire : d'une certaine manière, il aurait préféré que Rainer eût gardé son gant.

Le sifflement de l'express fit se lever les deux jeunes gens et, l'instant suivant, deux messieurs vêtus de gros manteaux de fourrure descendaient sur le quai et respiraient l'air glacial de la nuit. Frank Rainer lui présenta Mr Grisben et Mr Balch. Tandis que leurs bagages étaient chargés sur le second traîneau, Faxon vit, à la lueur vagabonde de la lampe, deux hommes assez âgés aux cheveux gris, appartenant au type courant des hommes d'affaires prospères.

Ils saluèrent le neveu de leur hôte avec une amicale familiarité et Mr Grisben, qui semblait le porte-parole des deux, termina ses compliments par un cordial... « et beaucoup, beaucoup d'autres semblables, mon garçon ! », ce qui fit penser à Faxon que leur arrivée coïncidait avec un anniversaire. Cependant, il ne put poser de questions car il se trouva assis à côté du cocher, tandis que Frank Rainer rejoignait les invités de son oncle à l'intérieur du traîneau.

Un rapide voyage (derrière les excellents chevaux que ne pouvait manquer de posséder John Lavington) les amena à de hautes grilles, puis au pavillon illuminé du gardien et à une allée où la neige avait été tassée et paraissait aussi lisse que le marbre. Au bout de l'allée, on distinguait vaguement la longue maison. Le corps principal baignait dans l'obscurité, mais une aile projetait un rayon de lumière chaleureux. L'instant suivant, Faxon se trouva brusquement plongé dans la chaleur et la lumière, au milieu de plantes de serre, de domestiques pressés, dans un grand vestibule impressionnant aux lambris de chêne qui ressemblait à un décor de théâtre et dont le second plan était occupé par un petit homme aux traits ordinaires, habillé correctement, et tout à fait différent de l'image du personnage haut en couleur qu'il s'était faite du grand John Lavington.

L'étonnement suscité par ce contraste subsista tandis qu'il s'habillait en hâte dans la grande et luxueuse chambre à coucher où on l'avait conduit. « Je ne comprends pas ce qu'il a à voir là-dedans », était la seule pensée qui lui venait à l'esprit, tant il trouvait difficile de faire concorder l'exubérance de la personnalité publique de Lavington avec la silhouette et les manières étriquées de son hôte. Mr Lavington, à qui le jeune Rainer avait exposé rapidement le cas de Faxon, l'avait accueilli avec une sorte de cordialité sèche et guindée qui correspondait tout à fait à son visage étroit, à sa main froide et au soupçon de parfum qu'exhalait sa pochette. « Faites comme chez vous... comme chez vous ! » avait-il répété d'un ton qui laissait à penser qu'il était lui-même tout à fait incapable d'accomplir l'exploit auquel il encourageait son visiteur. « Tous les amis de Frank... enchanté... faites tout à fait comme chez vous ! »

II

En dépit de la douce température et des aménagements luxueux de sa chambre, Faxon ne trouvait pas facile d'obéir à cette recommandation. Il avait eu la chance extraordinaire de trouver à se loger pour la nuit sous le toit de l'opulente maison d'Overdale et il en goûtait pleinement la satisfaction physique. Cependant, en dépit de toute l'ingéniosité de son confort, la maison était étrangement froide et peu accueillante. Il n'aurait su dire pourquoi et pouvait seulement supposer que l'intense personnalité de Mr Lavington – intensément négative, mais intense tout de même – s'était mystérieusement immiscée dans tous les recoins de sa demeure. Toutefois, le malaise de Faxon venait peut-être simplement de sa fatigue et de sa faim, du fait qu'il s'était refroidi plus qu'il ne le croyait avant d'entrer dans la maison et de la lassitude indicible qu'il éprouvait à l'égard de toutes les maisons inconnues et à l'idée d'emprunter perpétuellement des escaliers appartenant à d'autres.

« J'espère que vous ne mourez pas de faim ? » La mince silhouette de Rainer s'encadrait dans la porte. « Mon oncle a une petite affaire à régler avec Mr Grisben et nous ne dînerons pas avant une demi-heure. Dois-je venir vous chercher, ou bien trouverez-vous votre chemin ? Descendez directement à la salle à manger... C'est la deuxième porte à gauche dans la grande galerie. »

Il disparut en laissant une onde de chaleur derrière lui et Faxon, soulagé, alluma une cigarette et s'assit près du feu.

En regardant plus posément autour de lui, il fut frappé par un détail qui lui avait échappé. La pièce était remplie de fleurs – une simple « chambre de célibataire », dans l'aile d'une maison ouverte pour quelques jours seulement, en plein milieu de l'hiver du New Hampshire ! Il y avait des fleurs partout, non pas en profusion extravagante, mais disposées avec l'art consommé qu'il avait remarqué dans l'arrangement des arbustes en fleur du vestibule. Un vase d'arums était posé sur le bureau, un bouquet d'œillets d'une teinte étrange sur le guéridon à côté de lui et, dans des coupes de verre et de porcelaine, des bulbes de freesias diffusaient leur parfum suave. Tout cela supposait des serres immenses, mais c'était le point le moins intéressant. Les fleurs, leur qualité, leur choix et leur disposition témoignaient de la passion inquiète et pleine de sensibilité de quelqu'un – et de qui sinon John Lavington ? – pour cette forme de beauté. Cela ne faisait que rendre l'homme encore plus difficile à comprendre aux yeux de Faxon !

La demi-heure s'écoula et Faxon, se réjouissant à l'idée du repas, se dirigea vers la salle à manger. Il n'avait pas fait attention au chemin qu'il avait suivi pour atteindre sa chambre et fut étonné, en la quittant, de découvrir que deux escaliers, apparemment de même importance, s'offraient à lui. Il choisit celui de droite et, en bas, il aboutit à une longue galerie correspondant à la description de Rainer. Elle était vide, toutes les portes étaient fermées, mais Rainer avait dit : « La deuxième à gauche », et Faxon, après avoir hésité un instant dans l'espoir d'un éclaircissement fortuit qui ne vint pas, posa sa main sur le bouton de la deuxième porte à gauche.

Il entra dans une pièce carrée aux murs sombres où étaient accrochés des tableaux. Il eut l'impression qu'au centre, autour d'une table éclairée par des lampes voilées, Mr Lavington et ses invités étaient déjà installés pour le dîner. Puis il se rendit compte que la table était couverte, non pas d'aliments, mais de papiers et qu'il était entré par erreur dans ce qui semblait être le bureau de son hôte. Tandis qu'il s'immobilisait, Rainer leva les yeux.

« Oh, voici Mr Faxon. Pourquoi ne pas lui demander... ? »

A l'autre bout de la table, Mr Lavington répondit au sourire de son neveu par un regard de bienveillance impartiale.

« Certainement. Entrez, Mr Faxon. Si je puis me permettre... »

Mr Grisben, qui était assis en face de son hôte,

tourna la tête vers la porte. « Mr Faxon est citoyen américain, bien sûr ? »

Frank Rainer se mit à rire. « D'accord !... Oh, non, pas un de vos stylos pointus comme une épingle, oncle Jack ! N'avez-vous pas une plume d'oie quelque part ? »

Mr Balch leva la main pour dire lentement et presque à regret, d'une voix étouffée dont il ne semblait rester qu'un filet : « Un instant : vous reconnaissez que ce sont là... ?

– Mes dernières volontés ? » Le rire de Rainer redoubla. « Eh bien, je ne garantis pas que ce soient les "dernières". Ce sont les premières en tout cas.

– Ce n'est qu'une formule », expliqua Mr Balch.

– Alors, allons-y. » Rainer trempa la plume dans l'encrier que son oncle avait poussé vers lui et zébra le document d'une élégante signature.

Faxon, comprenant ce qu'on attendait de lui et supposant que le jeune homme signait son testament parce qu'il avait atteint sa majorité, s'était placé derrière Mr Grisben et attendait que vînt son tour d'apposer son nom sur l'acte. Rainer, après avoir signé, était sur le point de faire passer le papier de l'autre côté de la table à Mr Balch, lorsque celui-ci, levant une nouvelle fois la main, dit de sa voix triste et contenue : « Le sceau... ?

– Oh, faut-il vraiment un sceau ? »

En regardant John Lavington par-dessus Mr Grisben, Faxon vit un léger pli se former entre ses yeux impassibles. « Voyons, Frank ! » Faxon eut l'impression qu'il était un peu irrité par la frivolité de son neveu.

« Qui a un sceau ? » demanda Frank Rainer en jetant un coup d'œil autour de la table. « Il ne semble pas y en avoir ici. »

Mr Grisben intervint. « Un cachet suffira. Lavington, avez-vous un cachet ? »

Mr Lavington avait retrouvé son calme. « Il doit y en avoir un dans l'un de ces tiroirs. J'ai honte de le dire, mais je ne sais pas où mon secrétaire range ce genre de choses. Il aurait dû penser à demander qu'un cachet soit envoyé avec le document.

– Oh, la barbe... Frank Rainer écarta le papier : C'est la volonté de Dieu... et j'ai une faim de loup. Dînons d'abord, oncle Jack.

– Je crois que j'ai un sceau là-haut », dit Faxon.

Mr Lavington lui adressa un sourire à peine perceptible. « Je suis vraiment désolé de vous déranger...

– Oh, voyons, ne lui demandez pas d'aller le chercher maintenant. Attendons d'avoir fini de dîner ! »

Mr Lavington souriait toujours à son invité qui, comme s'il était imperceptiblement poussé par ce sourire, sortit de la pièce et courut à l'étage supérieur. Il prit le sceau dans ses affaires, redescendit et ouvrit une nouvelle fois la porte du bureau. Lorsqu'il entra, personne ne parlait – ils attendaient manifestement son retour avec l'impatience muette de ceux qui ont faim. Il plaça le sceau à portée de la main de Rainer et regarda Mr Grisben gratter une allumette et l'approcher d'une des bougies encadrant l'encrier. Tandis que la cire coulait sur le papier, Faxon remarqua de nouveau l'étrange émaciation, l'épuisement physique prématuré de la main qui tenait le sceau. Il se demanda si Mr Lavington avait jamais remarqué la main de son neveu et si sa maigreur ne lui apparaissait pas de manière poignante en cet instant.

A cette pensée, Faxon leva les yeux sur Mr Lavington. Le regard du grand homme était posé sur Frank Rainer avec une expression de bienveillance paisible. Au même instant, l'attention de Faxon fut attirée par la présence dans la pièce d'une autre personne qui devait avoir rejoint le groupe pendant qu'il cherchait le sceau dans sa chambre. Le nouveau venu avait à peu près le même âge et le même aspect que Mr Lavington. Il se tenait juste derrière la chaise de celui-ci et, au moment où Faxon le vit pour la première fois, il regardait le jeune Rainer avec une attention intense. La similitude entre les deux hommes – peut-être accentuée par le fait que sur la table, les lampes voilées laissaient dans l'ombre la silhouette debout derrière la chaise – frappa d'autant plus Faxon que le contraste entre leurs expressions était grand. Pendant que son neveu tentait maladroitement de faire couler la cire et d'appliquer le sceau, John Lavington continuait de le fixer avec une affection amusée, alors que l'homme derrière la chaise, qui reproduisait si étonnament sa silhouette et son visage, tournait vers le jeune homme un visage blême d'hostilité.

Faxon en fut si alarmé qu'il oublia ce qui se passait autour de lui. Il eut vaguement conscience de l'exclamation poussée par le jeune Rainer : « A vous, Mr Grisben ! », de la protestation de celui-ci : « Non... non, d'abord Mr Faxon », et de la plume qu'on lui tendait. Il la prit en éprouvant l'impression terrible d'être incapable de bouger, ou même de comprendre ce qu'on attendait de lui, jusqu'à ce qu'il s'aperçût que Mr Grisben lui montrait paternellement l'endroit exact où il devait apposer sa signature. Cela lui prit beaucoup de temps car il dut fournir un effort pour fixer son attention et empêcher sa main de trembler. Lorsqu'il se redressa – une fatigue étrange pesant dans tous ses membres – la silhouette debout derrière la chaise de Mr Lavington s'était éclipsée.

Faxon ressentit un soulagement immédiat. Le silence et la rapidité avec lesquels l'homme avait disparu étaient surprenants, mais la porte qui se trouvait derrière Mr Lavington était masquée par une tenture, et Faxon conclut que le spectateur inconnu n'avait eu qu'à la soulever pour sortir. De toute manière, il n'était plus là et, avec son départ, l'étrange poids qu'avait ressenti Faxon s'était dissipé. Le jeune Rainer allumait une cigarette, Mr Balch inscrivait son nom au bas du document, Mr Lavington – ses yeux avaient quitté son neveu – examinait une étrange orchidée aux pétales blancs dans un vase à côté de lui. Tout semblait être redevenu simple et naturel et Faxon se surprit à répondre par un sourire au geste aimable de son hôte qui déclarait : « Maintenant, Mr Faxon, nous allons dîner ! »

III

« Je me demande comment j'ai fait pour me tromper de pièce. Je pensais que vous m'aviez dit la deuxième porte à gauche », dit Faxon à Frank Rainer, tandis qu'ils suivaient leurs aînés le long de la galerie.

« C'est bien ce que j'ai dit, mais j'ai sans doute oublié de vous préciser quel escalier prendre. En venant de votre chambre, j'aurais dû vous parler de la quatrième porte à droite. C'est une maison déroutante. Mon oncle ne cesse de l'agrandir d'année en année. Il a fait construire cette pièce l'été dernier pour y mettre ses tableaux modernes. »

Le jeune Rainer s'arrêta pour ouvrir une autre porte. Il tourna un bouton électrique et un cercle de lumière éclaira les murs d'une pièce en longueur où étaient accrochées des toiles de l'école impressionniste française.

Faxon avança, attiré par un Monet chatoyant, mais Rainer posa une main sur son bras.

« Il l'a acheté la semaine dernière. Venez... Je vous montrerai tout cela après dîner. Ou plutôt, il vous le montrera lui-même... il adore ça.

– Est-ce qu'il y a des choses qu'il aime vraiment ? »

Rainer le dévisagea, manifestement étonné par la question. « Et comment ! En particulier les fleurs et les tableaux ! N'avez-vous donc pas remarqué les fleurs ? Je suppose que vous le trouvez assez froid. C'est toujours ainsi au début, mais en fait, il s'intéresse énormément aux choses. »

Faxon jeta un regard rapide à son interlocuteur. « Votre oncle a-t-il un frère ?

– Un frère ? Non... il n'en a jamais eu. Lui et ma mère étaient les seuls enfants.

– Ou un parent qui... qui lui ressemble ? Au point qu'on pourrait les confondre ?

– Pas que je sache. Vous rappelle-t-il quelqu'un ?

– Oui.

– C'est étrange. Nous lui demanderons s'il a un double. Venez ! »

Mais Faxon s'était arrêté devant un autre tableau et il s'écoula quelques minutes avant que son jeune hôte et lui n'atteignissent la salle à manger. C'était une grande pièce où figuraient le même mobilier élégant et traditionnel et les mêmes arrangements floraux délicats. Au premier coup d'œil, Faxon se rendit compte que trois personnes seulement étaient assises autour de la table. L'homme qui s'était tenu debout derrière la chaise de Mr Lavington n'était pas présent et aucun siège n'était prévu pour lui.

Mr Grisben parlait lorsque les deux jeunes gens entrèrent. Son hôte, assis en face de la porte, avait les yeux baissés sur son assiette de soupe intacte et tournait sa cuiller dans sa petite main sèche.

« C'est un peu tard pour parler de rumeurs... C'étaient pratiquement des faits lorsque nous sommes partis ce matin », disait Mr Grisben d'un ton tranchant inattendu.

Mr Lavington posa sa cuiller et sourit d'un air interrogateur. « Oh, les faits... que sont donc les faits ? Simplement une manière de voir les choses à un moment donné...

– Vous n'avez eu aucune nouvelle de New York », insista Mr Grisben.

– Pas la moindre. Vous voyez... Balch, encore un peu de cette *petite marmite**. Mr Faxon... si vous voulez bien vous asseoir entre Frank et Mr Grisben. »

Le dîner se poursuivit par une série de plats compliqués, qu'un maître d'hôtel aux allures de prélat, aidé de trois grands valets de pied, présentaient cérémonieusement. A l'évidence, Mr Lavington prenait un certain plaisir à ce spectacle pompeux. Faxon se dit que ceci constituait peut-être, avec les fleurs, le défaut de sa cuirasse. Il avait changé de sujet – sans brusquerie mais avec fermeté – à l'arrivée des jeunes gens, mais Faxon se rendait compte que l'esprit des deux visiteurs plus âgés était encore occupé par la conversation précédente. Mr Balch fit remarquer, d'une voix qui semblait appartenir au dernier survivant au fond d'une mine : « Si cela se produit, ce sera le plus grand krach depuis 1893. »

Mr Lavington semblait gagné par l'ennui mais restait poli. « Wall Street est capable de mieux supporter un krach qu'à l'époque. Sa santé est meilleure.

– Oui, mais...

– A propos de santé, intervint Mr Grisben : Frank, prenez-vous bien soin de vous-même ? »

Le rouge monta aux joues du jeune Rainer.

« Mais bien sûr ! N'est-ce pas pour cela que je suis ici ?

– Vous passez environ trois jours par mois ici, n'est-ce pas ? Et le reste du temps, vous fréquentez les restaurants surpeuplés et les salles de danse surchauffées. Je croyais que vous deviez prendre le bateau pour le Nouveau Mexique ?

– Oh, j'ai un nouveau médecin qui dit que tout ça, c'est de la blague.

– Eh bien, à vous regarder, on n'a pas l'impression que votre nouveau médecin ait raison, » dit Mr Grisben sans ménagement.

Faxon vit la couleur se retirer du visage de Frank et les cernes s'agrandir sous ses yeux gais. Au même instant, son oncle se tourna vers lui et l'observa de nouveau avec une attention soutenue. Il y avait une telle sollicitude dans le regard de Mr Lavington qu'une sorte de bouclier sembla presque s'interposer entre son neveu et Mr Grisben qui l'examinait sans délicatesse.

« Nous trouvons que Frank va beaucoup mieux, commença-t-il. Ce nouveau médecin... »

Le maître d'hôtel se pencha pour murmurer quelques mots à l'oreille de Mr Lavington, ce qui provoqua un brusque changement de son expression. Son visage était naturellement si dénué de couleur qu'il eût l'air non pas tant de pâlir que de s'effacer, de diminuer et de s'éloigner dans un lointain flou et voilé. Il se leva à moitié, se rassit et adressa un sourire figé à la ronde.

« Je vous prie de m'excuser. Le téléphone. Peters, continuez à servir le dîner. » A petits pas précis, il sortit par la porte qu'un des valets de pied avait ouverte.

Un silence passager s'abattit sur l'assemblée, puis Mr Grisben s'adressa de nouveau à Rainer. « Vous auriez dû partir, mon garçon, vous auriez dû partir. »

L'inquiétude se refléta une nouvelle fois dans les yeux du jeune homme. « Vraiment, ce n'est pas ce que pense mon oncle.

– Vous n'êtes plus un enfant, vous n'avez pas besoin de vous rendre toujours à l'avis de votre oncle. Vous avez atteint votre majorité aujourd'hui, n'est-ce pas ? Votre oncle vous gâte... voilà le problème... »

Ces paroles atteignirent manifestement leur but, car Rainer se mit à rire et baissa les yeux, tandis que son visage reprenait quelque couleur.

« Mais le médecin...

– Soyez raisonnable, Frank ! Il vous a fallu voir vingt médecins avant de trouver celui qui vous a dit ce que vous vouliez entendre. »

Un ombre d'appréhension vint obscurcir la gaieté de Rainer. « Bon, d'accord... mais... Que feriez-vous à ma place ? balbutia-t-il.

– Je ferais ma valise et sauterais dans le premier train. » Mr Grisben se pencha et posa avec bonté sa main sur le bras du jeune homme. « Ecoutez, mon neveu Jim Grisben possède un gros ranch là-bas. Il vous recevra avec plaisir. Vous dites que votre nouveau médecin pense que cela ne vous fera aucun bien, mais il ne prétend pas que cela vous fera du mal, n'est-ce pas ? Bon, alors... pourquoi ne pas essayer ? Quoi qu'il en soit, cela vous éloignera de l'atmosphère surchauffée des théâtres et des sorties nocturnes au restaurant... Ainsi que de tout le reste... N'est-ce pas, Balch ?

– Allez-y ! dit Mr Balch d'une voix caverneuse. Partez *sur-le-champ* », ajouta-t-il comme si un examen plus approfondi du visage du jeune homme l'avait convaincu de la nécessité de soutenir son ami.

Le jeune Rainer était devenu d'une pâleur de cire. Il tenta d'esquisser un sourire. « Ai-je l'air si mal en point ? »

Mr Grisben était en train de se servir de tortue d'eau douce. « Vous ressemblez à un lendemain de tremblement de terre », dit-il.

La tortue d'eau douce avait fait le tour de la table et avait été appréciée avec mesure des trois invités de Mr Lavington (Faxon remarqua que Rainer n'avait pas touché à son assiette) au moment où la porte se rouvrit pour laisser entrer leur hôte.

Mr Lavington s'avança, paraissant avoir retrouvé son sang-froid. Il s'assit, prit sa serviette et consulta le menu au monogramme doré. « Non, ne rapportez pas le filet... De la tortue d'eau douce, d'accord... » Il regarda autour de la table avec affabilité. « Désolé de vous avoir abandonnés. Le vent a emmêlé les fils et il m'a fallu attendre un bon moment avant d'obtenir une liaison satisfaisante. Il doit y avoir une tempête de neige.

– Oncle Jack, Mr Grisben m'a fait la leçon », déclara le jeune Rainer.

Mr Lavington était en train de se servir de tortue d'eau douce. « Ah... à quel sujet ?

– Il pense que je devrais aller faire un tour au Nouveau Mexique.

– Je veux qu'il se rende tout de suite chez mon neveu à Santa Paz et qu'il y reste jusqu'à son prochain anniversaire. » Mr Lavington fit signe au maître d'hôtel de passer la tortue d'eau douce à Mr Grisben qui, en se servant une seconde fois, s'adressa de nouveau à Rainer. « Jim est à New York actuellement et il s'en va après-demain dans la voiture personnelle d'Olyphant. Je demanderai à Olyphant de vous faire une petite place, si vous voulez. Après une ou deux semaines, lorsque vous aurez passé toute la journée à cheval et que vous aurez dormi neuf heures par nuit, j'ai le sentiment que vous n'aurez plus une très haute opinion du médecin qui vous a conseillé New York. »

Faxon prit la parole, sans savoir pourquoi. « J'y suis allé, c'est une vie extraordinaire. J'ai vu un garçon – oh, un cas *vraiment* sérieux – qui s'y est tout simplement refait une santé.

– Ça a l'air plutôt réjouissant », dit Rainer en riant, un désir soudain perçant dans sa voix.

Son oncle le regarda avec douceur. « Grisben a peut-être raison. C'est une occasion... »

Faxon leva les yeux et tressaillit : la silhouette vaguement entrevue dans le bureau était campée derrière la chaise de Mr Lavington, plus visible et plus réelle cette fois.

« C'est vrai, Frank : vous voyez, votre oncle est d'accord. Le voyage en compagnie d'Olyphant est une chose à ne pas manquer. Renoncez à quelques dîners et soyez à la gare de Grand Central après-demain à cinq heures. »

Tandis que l'aimable regard gris de Mr Grisben se tournait vers son hôte en quête d'une confirmation, Faxon, que l'angoisse mettait au supplice, ne le quittait pas des yeux. Il était impossible de regarder Mr Lavington sans voir l'homme debout derrière lui et il était évident que, l'instant suivant, un changement dans l'expression de Mr Grisben fournirait un indice à Faxon.

Pourtant, l'expression de Mr Grisben ne changea pas : le regard qu'il posa sur son hôte resta impassible et le seul indice qu'il donna, à la grande surprise de Faxon, fut de sembler ne pas voir l'autre personnage.

La première impulsion de Faxon fut de détourner les yeux, de regarder ailleurs, de trouver un réconfort dans la coupe de champagne que le maître d'hôtel attentif avait de nouveau remplie à ras bord. Cependant, une attirance fatale luttait en lui avec une force irrésistible et l'obligeait à garder les yeux rivés sur ce qui l'effrayait.

La silhouette, plus distincte, et ressemblant par conséquent davantage à Mr Lavington, était toujours debout derrière celui-ci. Il continuait à regarder son neveu avec affection, alors que son double, comme la première fois, fixait le jeune Rainer avec des yeux où se lisait une menace mortelle.

Avec un effort qu'il ressentit comme un véritable déchirement musculaire, Faxon détourna les yeux pour scruter l'expression des autres convives. Pas un ne semblait avoir la moindre conscience de ce que lui-même voyait et un sentiment d'isolement terrible l'envahit.

Il entendit Mr Lavington dire : « Cela mérite réflexion, certainement... » Tandis que le visage de Rainer s'éclairait, celui du personnage placé derrière la chaise de son oncle paraissait concentrer dans son regard toute la lassitude féroce de haines insatisfaites. A mesure que les minutes s'écoulaient péniblement, cela devenait de plus en plus clair pour Faxon. Le spectateur derrière la chaise n'était plus simplement malveillant : il était soudain devenu indiciblement las. Sa haine semblait sourdre des profondeurs mêmes d'efforts anéantis et d'espoirs contrariés, ce qui le rendait plus pitoyable, et en même temps plus sinistre.

Le regard de Faxon revint sur Mr Lavington, comme s'il s'attendait à surprendre également un changement en lui. Tout d'abord, il ne vit rien : le sourire pincé de Mr Lavington était rivé sur son visage sans expression comme la lumière du gaz sur un mur blanchi à la chaux. Puis la fixité de ce sourire devint menaçante. Faxon se rendait compte que son auteur avait peur de l'abandonner. A l'évidence, Mr Lavington était lui aussi indiciblement las et, devant cette découverte, Faxon sentit un courant glacé parcourir ses veines. En baissant les yeux sur son assiette intacte, il perçut l'invite du champagne pétillant dans sa coupe, mais la vue du vin lui donna la nausée.

Il entendit Mr Lavington dire, toujours au sujet de l'avenir de son neveu : « Bon, nous réglerons les détails plus tard. Fumons d'abord un cigare. Non... pas ici, Peters. » Avec le même sourire, il se tourna vers Faxon. « Après le café, j'aimerais vous montrer mes tableaux.

– Oh, à propos, oncle Jack... Mr Faxon voudrait savoir si vous avez un double ?

– Un double ? » Mr Lavington, toujours souriant, s'adressait encore à son invité. « Pas que je sache. En avez-vous vu un, Mr Faxon ? »

Faxon se dit : « Mon Dieu, si je lève les yeux maintenant, leur regard à tous *deux* sera posé sur moi ! » Pour éviter de relever la tête, il fit mine de porter la coupe à ses lèvres, mais sa main retomba, inerte. Mr Lavington le considérait poliment et, tandis que l'angoisse desserrait un peu son étreinte, Faxon vit que la silhouette derrière la chaise continuait à fixer Rainer.

« Pensez-vous avoir vu mon double, Mr Faxon ? »

L'autre allait-il tourner la tête s'il répondait oui ? Faxon avait la gorge sèche. « Non », répondit-il.

« Ah ? Je peux fort bien en avoir une douzaine. Je crois que j'ai une apparence très commune », poursuivit Mr Lavington sur le ton de la conversation. Pendant ce temps, l'autre continuait à regarder Rainer.

« C'était... une erreur... une confusion.... », s'entendit balbutier Faxon. Mr Lavington repoussa sa chaise et, au même instant, Mr Grisben se pencha soudain en avant.

« Lavington ! A quoi pensons-nous ? Nous n'avons pas bu à la santé de Frank ! »

Mr Lavington se rassit. « Mon cher garçon !... Peters, une autre bouteille... » Il se tourna vers son neveu. « Après un tel péché par omission, je ne puis me permettre de porter un toast moi-même... mais Frank sait bien... Allez-y, Grisben ! »

Le jeune homme fit un sourire radieux à son oncle.

« Non, non. Oncle Jack ! Mr Grisben ne s'en formalisera pas. Ça ne peut-être que *vous*... aujourd'hui ! »

Le maître d'hôtel remplissait les coupes. Il servit Mr Lavington en dernier. Celui-ci avança sa petite main pour lever la sienne... A cet instant, Faxon détourna les yeux.

« Eh bien... J'ajoute à tout le bien que je te souhaite depuis de longues années, le vœu que celles qui viennent t'apportent santé et bonheur et qu'elles soient nombreuses... *nombreuses*, mon cher garçon ! »

Faxon vit autour de lui les mains se tendre vers les coupes. Automatiquement, il fit de même. Il regardait toujours la table et se répétait avec véhémence, tout en tremblant : « Je ne lèverai pas les yeux ! Je ne lèverai pas les yeux... Je ne lèverai pas les yeux... »

Ses doigts saisirent la coupe et la portèrent à ses lèvres. Il vit les autres faire le même geste. Il entendit Mr Grisben dire chaleureusement : « Allons ! Allons ! », et Mr Balch lui faire écho de sa voix caverneuse. A l'instant où le bord de la coupe toucha ses lèvres, il se répéta : « Je ne lèverai pas les yeux ! Je jure que je ne lèverai pas les yeux... » et il les leva.

La coupe était si pleine qu'il lui fallut faire un effort surhumain pour la maintenir ainsi en l'air, prête à déborder, durant le moment terrible qui s'écoula avant qu'il sentît sa main assez sûre pour la reposer sur la table, sans avoir rien bu. Ce fut cette préoccupation opportune qui le sauva, qui l'empêcha de crier, de perdre son sang-froid, de glisser dans les ténèbres sans fond qui s'ouvraient devant lui. Aussi longtemps qu'il fut occupé par la coupe, il se sentit capable de rester assis, de contrôler ses muscles, de se fondre dans l'assemblée. Mais, dès que la coupe eut touché la table, son dernier lien avec la sécurité se rompit. Il se leva et se précipita hors de la pièce.

IV

Dans la galerie, son instinct de conservation l'aida à se retourner pour faire signe au jeune Rainer de ne pas le suivre. Il balbutia quelques mots au sujet d'un léger étourdissement et dit qu'il les rejoindrait rapidement. Le jeune homme hocha la tête avec bienveillance et se retira.

Au pied de l'escalier, Faxon se heurta à un domestique. « Je voudrais téléphoner à Weymore », dit-il, la gorge sèche.

« Je regrette, monsieur. Les lignes sont coupées. Nous essayons depuis une heure de joindre New York pour Mr Lavington. »

Faxon fila vers sa chambre, y entra en trombe et poussa le verrou. La lumière de la lampe éclairait les meubles, les fleurs, les livres. Au milieu des cendres, une bûche rougeoyait encore. Il se laissa tomber sur le canapé et se couvrit le visage. Un profond silence régnait dans la chambre, toute la maison était paisible : rien de ce qui l'entourait ne laissait deviner l'horreur sombre et muette qui se déroulait dans la pièce qu'il avait fuie. En se couvrant les yeux, il eut l'impression que l'oubli et le réconfort descendaient en lui. Mais cela ne dura qu'un moment et ses paupières se rouvrirent sur la vision monstrueuse. Elle était là, imprimée dans ses pupilles ; elle faisait désormais partie de lui pour toujours, une horreur indélébile marquée au fer rouge dans son corps et son esprit. Mais pourquoi lui... rien que lui ? Pourquoi l'avait-on choisi pour voir ce qu'il avait vu ? En quoi cela le concernait-il, *lui,* pour l'amour de Dieu ? Ainsi éclairé, n'importe qui d'autre, dans l'assemblée, aurait pu dévoiler l'infamie et la faire échouer. Mais *lui,* spectateur sans armes et sans défense entre tous, lui qu'aucun des autres ne croirait ou ne comprendrait s'il tentait de révéler ce qu'il savait... *lui* seul avait été choisi comme victime de cette épouvantable initiation !

Brusquement, il s'assit, l'oreille aux aguets : il avait entendu un pas dans l'escalier. Quelqu'un venait sans doute voir comment il allait... et le presser, s'il se sentait mieux, de descendre rejoindre les fumeurs. Prudemment, il ouvrit la porte ; oui, c'était le pas du jeune Rainer. Faxon regarda le couloir, se souvint de l'autre escalier et se précipita dans sa direction. Il n'avait qu'un désir : sortir de la maison. Il ne respirerait pas une seconde de plus son atmosphère abominable ! En quoi cela le concernait-il, *lui*, pour l'amour de Dieu ?

A l'étage du dessous, il atteignit l'autre extrémité de la galerie et, au-delà, vit le vestibule par lequel il était entré. Il était vide et il reconnut son manteau et son chapeau posés sur une longue table. Il enfila son manteau, déverrouilla la porte et plongea dans la nuit purifiante.

L'obscurité était profonde et le froid si intense qu'il en eut un instant le souffle coupé. Puis il s'aperçut qu'il ne neigeait pas beaucoup et son visage se figea résolument en préparation de sa fuite. Les arbres plantés le long de l'allée lui indiquaient le chemin et il avançait à grands pas sur la neige tassée. Petit à petit, à mesure qu'il marchait, son esprit agité se calmait. L'envie de fuir le poussait encore en avant, mais il commençait à penser qu'il fuyait une terreur qu'il avait lui-même créée, que le besoin de cacher son état, d'éviter le regard des autres tant qu'il n'aurait pas retrouvé son équilibre, était la raison première de son évasion.

Dans le train, il avait passé de longues heures à méditer en vain sur une situation décourageante et il se rappelait comment son amertume s'était transformée en exaspération lorsqu'il avait découvert que le traîneau de Weymore ne l'attendait pas. C'était absurde, bien entendu, mais, bien qu'il ait plaisanté avec Rainer sur l'étourderie de Mrs Culme, cet aveu lui avait serré le cœur. Voilà où l'avait conduit une vie sans attaches : faute de s'investir personnellement quelque part, sa sensibilité était à la merci de vétilles de cet ordre... Oui, cela, ajouté au froid et à la fatigue, à l'absence d'espoir et à l'impression obsédante de posséder des talents inexploités, tout cela l'avait amené au bord du gouffre où, une ou deux fois déjà, avait oscillé son esprit terrifié.

Sinon, pourquoi, au nom de quelle possible logique, humaine ou diabolique, aurait-il, lui, un étranger, été choisi pour cette expérience ? Quel sens cela avait-il pour lui, quel rapport avec son cas ?... A moins, bien entendu, que ce fût précisément parce qu'il était un étranger – un étranger partout – parce qu'il ne possédait pas de vie personnelle, pas de confortable bouclier d'égoïsme pour protéger sa fragilité, qu'il avait contracté cette sensibilité anormale aux vicissitudes d'autrui. Cette pensée le fit s'arrêter net dans un frisson. Non ! Un tel destin était trop affreux. Tout ce qu'il y avait de robuste et de sain en lui le rejetait. Il valait mille fois mieux se considérer comme malade, désorienté, victime d'illusions que comme la victime prédestinée de tels avertissements !

Il atteignit les grilles et s'arrêta devant la pavillon sans lumière du gardien. Le vent s'était levé et rabattait la neige sur son visage. Le froid l'avait envahi et il était en proie au doute. Devait-il mettre à l'épreuve sa santé mentale et revenir ? Il se retourna et regarda la maison au bout de l'allée sombre. Un seul rai de lumière filtrait à travers les arbres, évoquant les lampes, les fleurs et les visages réunis dans la pièce fatale. Il fit de nouveau demi-tour et s'engagea sur la route...

Il se souvenait que, à environ un mile d'Overdale, le cocher lui avait montré la route de Northridge. Il se mit à marcher dans cette direction. Une fois sur la route, il reçut le vent en plein visage, et la neige humide sur ses moustaches et ses cils se transforma instantanément en glace. Il avait l'impression que cette glace lui enfonçait des milliers de lames dans la gorge et la poitrine, mais il continua à avancer, poursuivi par l'image de la pièce confortable.

Sur la route, la neige était profonde et inégale. Il trébuchait dans des ornières et s'enfonçait dans des congères. Le vent lui barrait le chemin comme une falaise de granit. De temps à autre il s'immobilisait, haletant, comme si une main invisible avait entouré son corps d'un ruban d'acier. Puis il repartait, se raidissant contre le froid qui le pénétrait insidieusement. La neige tombait toujours comme d'un linceul sombre et insondable. Une ou deux fois il s'arrêta, craignant d'avoir manqué la route de Northridge, mais, ne voyant rien qui indiquât un tournant, il reprit sa pénible progression.

Enfin, certain d'avoir parcouru plus d'un mile, il fit halte et regarda derrière lui. Le fait de se retourner lui procura un soulagement immédiat, tout d'abord parce qu'il avait désormais le vent dans le dos, et aussi parce que, loin sur la route, il aperçut la lueur d'une lanterne. Un traîneau approchait – un traîneau qui pourrait peut-être l'emmener au village ! Réconforté par cet espoir, il rebroussa chemin vers la lumière. Celle-ci avançait très lentement, décrivant des zigzags et des embardées inexplicables. En arrivant à quelques mètres de la lanterne, il n'avait toujours pas entendu de clochettes. Ce fut alors que celle-ci s'immobilisa sur le côté de la route, comme si elle était tenue par un marcheur qui s'était arrêté, épuisé par le froid. A cette pensée Faxon pressa le pas. Quelques instants plus tard, il rejoignit une silhouette immobile, recroquevillée contre une congère. La lanterne lui avait échappé des mains. Faxon la prit, la leva avec crainte et éclaira le visage de Frank Rainer.

« Rainer ! Que diable faites-vous ici ? »

Le jeune homme sourit malgré sa pâleur. « Et *vous* ? Je voudrais bien le savoir », rétorqua-t-il. Il se leva tant bien que mal en agrippant le bras de Faxon et ajouta gaiement : « Ah ! Je vous ai retrouvé ! »

Faxon était confondu et il avait le cœur serré. Le visage du jeune homme était gris.

« Quelle folie... commença-t-il.

– Oui, c'est vrai. Pourquoi diable avez-vous fait cela ?

– Moi ? Fait quoi ?... Eh bien, je... Je suis simplement allé faire une promenade... Je me promène souvent la nuit... »

Frank Rainer éclata de rire. « Des nuits comme celle-ci ? Alors, vous n'avez pas filé ?

– Filé ?

– Parce que j'avais fait quelque chose qui vous avait offensé ? Mon oncle pensait que vous vous étiez enfui. »

Faxon lui saisit le bras. « Votre oncle vous a-t-il envoyé à ma poursuite ?

– Eh bien, il m'a passé un savon terrible parce que je ne vous avais pas suivi lorsque vous êtes monté dans votre chambre en disant que vous étiez malade. Quand nous avons découvert que vous étiez parti, nous avons pris peur – il était bouleversé –, et j'ai dit que j'allais vous rattraper... Vous n'êtes *pas* malade, j'espère ?

– Malade ? Non. Je n'ai jamais été aussi bien. Faxon ramassa la lanterne. Venez, retournons là-bas. Il faisait horriblement chaud dans cette salle à manger.

– Oui, j'espère que ce n'était que ça. »

Ils marchèrent péniblement et en silence durant quelques minutes, puis Faxon demanda : « Vous n'êtes pas trop épuisé ?

– Oh non. C'est beaucoup plus facile avec le vent dans le dos.

– Très bien. Ne parlez plus. »

En dépit de la lumière qui les guidait, ils avançaient plus lentement que Faxon seul dans la tempête. Son compagnon trébucha sur une congère et Faxon saisit ce prétexte pour proposer : « Prenez mon bras. » Rainer obéit et dit en haletant : « Je suis à bout de souffle !

– Moi aussi. Qui ne le serait pas ?

– Vous m'avez donné du fil à retordre ! Si l'un des domestiques ne vous avait pas vu...

– Oui, d'accord. Et maintenant, auriez-vous l'obligeance de la boucler ? »

Rainer rit et s'accrocha à lui. « Oh, le froid ne me fait pas de mal... »

Depuis que Rainer avait rattrapé Faxon, l'esprit de celui-ci avait été entièrement occupé par son inquiétude pour le garçon, mais maintenant que chaque pas les rapprochait péniblement du lieu qu'il avait fui, les raisons qui l'avaient poussé à agir ainsi devenaient plus menaçantes et plus pesantes. Non, il n'était pas malade, il n'était ni fou ni victime d'illusions – il était l'instrument choisi pour prévenir et sauver. Et voilà que, irrésistiblement attiré, il ramenait la victime vers son destin.

Sa conviction était si forte qu'il s'arrêta presque de marcher. Mais que pouvait-il dire ou faire ? Il lui fallait à tout prix arracher Rainer au froid, le faire entrer dans la maison et le mettre au lit. Après cela, il agirait.

Il neigeait plus fort et, lorsqu'ils atteignirent une portion de la route qui passait à travers champs, le vent les attaqua de biais en lacérant leur visage comme un fouet. Rainer s'arrêta pour reprendre son souffle et Faxon sentit une pression plus grande sur son bras.

« En arrivant au pavillon du gardien, pourquoi ne pas téléphoner à l'écurie pour demander un traîneau ?

– Si les gens du pavillon ne dorment pas.

– Oh, je me débrouillerai. Ne parlez pas ! » ordonna Faxon, et ils reprirent leur lent cheminement...

Enfin, la lanterne éclaira des ornières qui s'écartaient de la route sous l'ombre des arbres.

Faxon reprit courage « Voici la grille ! Nous y serons dans cinq minutes. »

Tout en parlant, au-dessus de la haie marquant la limite du domaine, il aperçut une lueur tout au bout de l'allée sombre. C'était la lumière qui avait éclairé la scène dont chaque détail était marqué au fer rouge dans son esprit, et il ressentit de nouveau son accablante réalité. Non... il ne pouvait pas laisser le garçon rentrer !

Ils parvinrent enfin au pavillon et Faxon frappa à la porte avec insistance. Il se dit : « Je vais d'abord le faire entrer, et leur demander de lui donner quelque chose de chaud à boire. Puis je verrai... je trouverai une raison... »

Personne ne répondait à ses coups répétés et, au bout d'un moment, Rainer dit : « Ecoutez... il vaut mieux continuer.

– Non !

– Je peux très bien...

– Vous n'irez pas à la maison, je vous dis ! »

Faxon frappa à coups redoublés et, finalement, des pas se firent entendre dans l'escalier. Rainer s'appuyait contre le linteau et, au moment où la porte s'ouvrit, la lumière de l'entrée éclaira son visage livide et ses yeux fixes. Faxon lui prit le bras et l'entraîna à l'intérieur.

« Il faisait vraiment froid dehors », soupira-t-il et brusquement, comme si des ciseaux invisibles avaient coupé d'un seul coup tous les muscles de son corps, il tituba, s'affaissa sur le bras de Faxon et sembla sombrer dans le néant à ses pieds.

Le gardien et Faxon se penchèrent sur lui et parvinrent à eux deux à le porter dans la cuisine et à l'étendre sur un canapé près du fourneau.

Le gardien se précipita hors de la pièce en balbutiant : « Je vais appeler la maison. » Faxon entendit les mots sans y prêter attention : les présages n'avaient plus d'importance désormais, devant le malheur qui s'était produit. Il s'agenouilla pour défaire le col de fourrure de Rainer et sentit quelque chose de chaud et humide sur ses mains. Il les regarda, elles étaient rouges...

V

Les palmiers s'étendaient à l'infini le long de la rivière jaune. Le petit bateau à vapeur était à quai et George Faxon, assis sous la véranda de l'hôtel en bois, regardait, oisif, les coolies qui transportaient le fret sur la passerelle.

Cela faisait deux mois qu'il assistait à des scènes semblables. Il s'en était écoulé presque cinq depuis qu'il était descendu du train à Northridge et avait cherché des yeux le traîneau qui devait l'emmener à Weymore : Weymore qu'il ne devait jamais connaître !... Une partie de cette période – le début – était encore noyée dans un épais brouillard gris. Aujourd'hui encore, il était incapable de se souvenir avec exactitude comment il était revenu à Boston, avait atteint la maison d'un cousin et, de là, avait été transporté dans une pièce paisible donnant sur un champ de neige sous des arbres dénudés. Il avait longtemps contemplé la même scène et un jour, enfin, un homme qu'il avait connu à Harvard était venu le voir et l'avait invité à l'accompagner dans un voyage d'affaires en Malaisie.

« Vous avez été sérieusement secoué et cela vous fera un bien considérable de changer d'air. »

Lorsque le médecin lui rendit visite le lendemain, il s'avéra qu'il connaissait le projet et l'approuvait. « Il vous faut un an de tranquillité. Contentez-vous de paresser et de regarder le paysage », lui conseilla-t-il.

Faxon ressentit les premiers frémissements, à peine perceptibles, de la curiosité.

« Qu'est-ce qui m'est arrivé, en fin de compte ?

– Le surmenage, je suppose. Vous avez dû refouler une grave dépression nerveuse avant de partir pour le New Hampshire en décembre dernier. Et le choc provoqué par la mort de ce pauvre garçon a fait le reste. »

Ah, oui... Rainer était mort. Il se souvenait...

Il partit pour l'Orient et, peu à peu, par touches imperceptibles, la vie reprit doucement possession de son corps las et de son esprit engourdi. Son ami était patient et prévenant. Ils voyageaient lentement et parlaient peu. Au début, Faxon ressentait une grande crainte devant tout ce qui avait trait aux choses familières. Il regardait rarement les journaux et n'ouvrait jamais une lettre sans un pincement au cœur, non qu'il eût des raisons particulières d'inquiétude, mais tout était enveloppé dans un grand voile d'obscurité. Il s'était trop penché au-dessus du gouffre... Pourtant, petit à petit, la santé et l'énergie lui revenaient et, avec elles, les élans habituels de la curiosité. Il commença à se demander ce qui se passait dans le monde et lorsque, ce jour-là, l'hôtelier lui annonça qu'il n'y avait pas de lettre pour lui dans le courrier du bateau à vapeur, il ressentit une réelle déception. Son ami était parti pour une longue excursion dans la jungle et il se retrouvait seul, désœuvré, et s'ennuyait de façon tout à fait saine. Il se leva et entra nonchalamment dans l'atmosphère confinée du salon de lecture.

Il y trouva un jeu de dominos, un puzzle auquel il manquait des pièces, quelques exemplaires de *Zion's Herald* et une pile de journaux de New York et de Londres.

Il se mit à les feuilleter et fut déçu de constater qu'ils étaient moins récents qu'il n'avait espéré. Manifestement, les derniers numéros avaient été emportés par des voyageurs plus chanceux. Il continua à les parcourir en choisissant tout d'abord les journaux américains. Il se trouvait que c'étaient les plus anciens : ils dataient de décembre et janvier. Pour Faxon, toutefois, ils avaient tout l'attrait de la nouveauté, car ils couvraient précisément l'époque durant laquelle il avait pratiquement cessé d'exister. Il ne lui était encore jamais venu à l'esprit de se demander ce qui s'était passé dans le monde durant cette période d'absence, mais il éprouvait désormais un désir soudain de le savoir.

Pour faire durer le plaisir, il commença par classer les journaux en ordre chronologique. Lorsqu'il trouva puis déploya le numéro le plus ancien, la date qui figurait en haut de la page pénétra dans son esprit comme une clé dans une serrure. C'était le 17 décembre, le lendemain de son arrivée à Northridge. Il parcourut la première page et un titre lui sauta aux yeux : « Faillite de l'Opal Cement Company. Lavington serait impliqué. Une gigantesque affaire de corruption ébranle Wall Street. »

Il lut l'article. Lorsqu'il eut terminé, il prit le journal suivant. Malgré un trou de trois jours, l'enquête sur l'Opal Cement faisait toujours la une. Après des révélations complexes portant sur l'avidité et la ruine des protagonistes, son regard se posa sur la rubrique nécrologique, où il lut : « Décès soudain à Northridge, New Hampshire, de Francis John Rainer, fils unique de la regrettée... »

Ses yeux s'embuèrent, il laissa tomber le journal et resta assis un long moment, le visage enfoui dans ses mains. Lorsqu'il releva la tête, il s'aperçut que son geste avait fait tomber les autres journaux de la table et qu'ils étaient éparpillés à ses pieds. Celui du dessus était ouvert devant lui et il se remit péniblement à chercher la suite des yeux. « John Lavington présente un plan de restructuration pour la compagnie. Il propose d'investir personnellement dix millions. Le magistrat fédéral examine son offre. »

Dix millions... dix millions de sa poche. Mais si John Lavington était ruiné ?... Faxon se leva en criant. C'était donc cela... c'était ce que signifiait l'avertissement ! Et s'il ne s'était pas enfui, s'il ne s'était pas précipité comme un fou dans la nuit, il aurait peut-être pu rompre le maléfice de l'iniquité, les puissances des ténèbres n'auraient peut-être pas triomphé ! Il saisit la pile de journaux et se mit à les parcourir en quête de la rubrique : « Testaments homologués ». Dans le dernier, il trouva le paragraphe qu'il cherchait et il eut l'impression de contempler le regard mourant de Rainer.

Voilà... *voilà* ce qu'il avait fait ! Les puissances de miséricorde l'avaient choisi pour prévenir et sauver. Il était resté sourd à leur appel, il s'en était lavé les mains et s'était enfui. Il s'en était lavé les mains ! C'était bien le terme. Cela le ramena dans le pavillon, au moment terrible où, s'éloignant de Rainer, il s'était relevé, avait regardé ses mains et s'était aperçu qu'elles étaient rouges...

TABLE

Sur l'auteur

Edith Wharton (1862-1937) est issue d'une vieille famille de la grande bourgeoisie new-yorkaise. À partir de 1906, elle choisit la France pour patrie d'adoption et partage sa vie entre son appartement de la rue de Varenne à Paris, sa maison de campagne de Saint Brice-la-Forêt (Seine-et-Oise) et sa villa d'Hyères. Après l'échec de son mariage, elle publie en 1905 son premier roman, *Chez les heureux du monde*, et reçoit quinze ans plus tard le prix Pulitzer pour *Le Temps de l'innocence*. Amie d'Henry James, André Gide et Paul Bourget, elle devient bientôt le peintre averti et plein d'ironie d'une aristocratie new-yorkaise moribonde en proie à la montée de l'affairisme. Edith Wharton meurt en 1937, laissant pour testament une quarantaine de romans et de nombreux recueils de nouvelles et de poèmes dont notamment *Ethan Frome*, *Été* et *Les Metteurs en scène*.

ACHEVÉ D'IMPRIMER SUR LES PRESSES
DE COX & WYMAN LTD. (ANGLETERRE)

N° d'édition : 2343
Dépôt légal : octobre 1993
Imprimé en Angleterre